Viajando con

Megan Maxwell

Diseño y maquetación de interior: María Pitironte

Recursos gráficos: Shuttestock

Espasa, sello editorial de Editorial Planeta, S.A.

Avda. Diagonal, 662-664

08034 Barcelona

Primera edición: febrero de 2026

Preimpresión: Safekat, S. L.

Depósito legal: B. 164-2026

ISBN: 978-84-670-8049-0

www.espasa.com

www.planetadelibros.com

Impreso en España - Printed in Spain

PEFC Certificado

Este libro procede de bosques gestionados de forma sostenible

PEFC

PEFC/14-38300305 www.pefc.es

Viajando con Megan Maxwell

Un recorrido por los mejores destinos de sus novelas

ESPASA

ÍNDICE

APASIONARSE EN VERANO

MIMARSE EN OTOÑO

CON LA MALETA (MEDIO) HECHA

SIEMPRE he pensado que viajar y escribir se parecen más de lo que la gente cree. En ambos casos empiezas convencida de que lo tienes todo bajo control... y acabas improvisando como buenamente puedes. Y menos mal.

Yo no viajo para escapar. Viajo para **desordenarme un poco**. Para que se me caigan las certezas del bolso, para perderme sin pedir perdón y para encontrarme versiones mías que en casa se quedan dormidas. Cuando estoy de viaje, soy esa Megan que se ríe más fuerte, que duerme menos, que come lo que no toca y que se permite vivir sin pensar tanto en el mañana.

He viajado mucho. Casi siempre acompañada, porque los viajes, como los bombones, saben mejor compartidos. He viajado con la cabeza llena y

con el corazón vacío. He caminado por Nueva York sintiéndome pequeñita y poderosa al mismo tiempo, he escuchado música en Londres como si me estuvieran contando secretos, me he perdido en Venecia dejando que el vaivén del agua hiciera lo suyo y he aprendido en Ibiza que la calma también puede ser divertida.

Pero si hay un lugar que siempre vuelve a mí, ese es **Escocia**. Creo, como muchos otros, que en otra vida fui escocesa.

Mi primera vez allí fue lluvia fina, castillos envueltos en niebla y paisajes que te hacen sentir en casa sin saber muy bien por qué. Fue cruzar puentes como el de Eilean Donan y entender, sin necesidad de palabras, que hay momentos que se te quedan tatuados por dentro. Fue reírme a carcajadas en Edimburgo, sentirme libre, ligera y absolutamente viva. Fue uno de esos viajes que no solo recuerdas, **sientes**.

Cuando viajo, como cuando escribo, soy una mezcla peligrosa de organización y caos. Me gusta tener un plan, sí, pero necesito que falle.

Porque cuando todo sale perfecto... suele ser bastante aburrido. Y yo ya tengo una edad como para aburrirme voluntariamente.

No viajo buscando inspiración. La inspiración es muy suya y aparece cuando le da la gana. Normalmente cuando estoy comiendo algo rico, con una copa en la mano, escuchando música o sentada en una terraza mirando a la gente pasar e inventándome sus vidas. Ahí, justo ahí, es cuando aparecen las ideas. Caprichosas. Sin avisar.

En la maleta siempre llevo libros, auriculares y algo dulce. Esto último no es negociable. Como tampoco lo es la ilusión. Viajo con hambre de mundo, de historias, de paisajes que siempre consiguen sorprenderme y de momentos absurdos que luego no sabes muy bien cómo explicar sin parecer exagerada.

Viajar me ordena el alma y me desordena la cabeza. Me calma y me enciende. Me enamora y me desenamora. Me recuerda quién soy cuando nadie me pide nada, cuando no tengo que ser eficiente ni ejecutiva, ni productiva ni nada que termine en «iva» (salvo, quizá, diva). Solo tengo que ser yo, quien yo elija. Y eso me permite conocer un lugar nuevo y la posibilidad de que pase algo terriblemente interesante.

Y pasan cosas, claro que pasan. Me pierdo. Me equivoco. Me encuentro y en ocasiones acierto. Digo que sí a planes que no estaban en la agenda. Me río de mí misma. Y me emociono sin dramas. Porque viajar, como escribir, no va de hacerlo perfecto, sino de hacerlo **con muchas muchas ganas y, sobre todo, con mucho corazón**.

Si estás leyendo esto, déjame decirte algo importante: no hace falta ser valiente todo el tiempo. Basta con serlo lo justo para decir «¿y por qué no?». Simplemente hay que dar el primer paso y coger una maleta, aunque no tengas claro qué vas a meter dentro. Si te digo esto, es porque tenemos que atrevernos a mirar el mundo con curiosidad y no con miedo. Y yo, como tú, en algún momento de mi vida he tenido ese miedo a lo desconocido, que solo he solucionado primero, queriéndome, y segundo, atreviéndome a salir de mi zona de confort.

Este libro no es una guía. Es una invitación descarada a que viajes, sientas, te equivoques un poco y disfrutes mucho. Estamos aquí para

Yo con mi familia en nuestro último viaje

comernos el mundo a mordiscos, sin pedir permiso y sin preocuparnos demasiado por dónde caen las migas.

Yo sigo teniendo ganas de todo. De Escocia y de los lugares que aún no conozco. De los viajes que me esperan y de los que todavía no sé que necesito. De la vida bien vivida y de ese atrevimiento guerrero que me he permitido.

Y si tú también tienes esas ganas de todo eso, aunque sea a ratitos..., bienvenida o bienvenido.

Guerreros, poneos cómodos. Abrochaos el cinturón. Quereos más que nunca y, sobre todo, no os toméis nada demasiado en serio.

El viaje empieza ahora.

REINVENTARSE EN INVIERNO

EN TENERIFE

Playa de las Teresitas, Tenerife

¿No os pasa que a veces la llegada del invierno parece que viene de sopetón, como si, pese al calendario, el frío repentino y los días cortos os pillaran con la guardia baja? A veces, en esos días de anorak y bufanda en los que trato de abrir el paraguas contra el viento, no puedo evitar fantasear con el verano. Soy de las que adora el estío: un mojito helado en la tumbona de una playa, un brunch delicioso y con vistas mientras la mañana se pasa sin prisa... Incluso enfundarme en un neopreno —sí, sí, ¿por qué no? Para eso no hay edad— y lanzarme a hacer surf o kite o submarinismo o lo que sea. Algo que me llene el cuerpo de adrenalina y el pelo de arena y sal.

¿Os sucede como a mí?

Las guerreras Maxwell

TO

Pues que sepáis que cuando me pasa eso recuerdo que el verano eterno está a dos horas y media de Madrid. Mi casa. En avión, claro. El frío, las pistas de patinaje y las luces de Navidad son fantásticas cuando DESEAS de verdad que estén ahí. Que, oye, me gusta la Navidad. Pero si eres como yo, que te encanta disfrutar del sol, la playa y la tumbona, y de repente los tres meses del invierno se te hacen eternos y la cuesta de enero más cuesta que nunca, porque estás en uno de esos barbechos del amor, te voy a dar unos de mis secretos para buscarme un atajo que me permita llegar antes a la primavera (o el verano) con mejor humor..., y mejor color, por supuesto.

Tenerife.

En invierno Tenerife es temporada alta. Os lo digo desde ya. Hay que tenerlo en cuenta porque puede incidir en el precio de los vuelos, aunque no hasta extremos disuasorios. Os diré el por qué: todos los europeos de países fríos deciden que les sale más barato pasar el invierno en Tenerife que pagar el recibo de la calefacción. Y esto tiene una segunda lectura: todos los europeos de países fríos deciden que les sale más barato pasar el invierno en Tenerife que pagar el recibo de la calefacción.

No, no he dicho lo mismo. Solo lo he recalcado.

Porque esto incluye a aventureros de fuera de temporada, a moteros de paso, a nómadas digitales, a emprendedores de cualquier sector,

a inversores rusos, restauradores italianos, a senderistas alemanes y a jubilados ingleses.

Y exceptuando —quizá y depende del caso— a los jubilados ingleses, el resto conforma un colorido mosaico de acentos, intereses y presentes sin pasado que ya por sí mismo es un terreno óptimo para adentrarse a explorar.

Tenerife es un destino ideal para hacer una escapada sola —o con amigas— y dejarse llevar.

¿Os animáis?

Como reinas

Alojarte en uno de los hoteles con todo incluido de la zona sur de la isla, especialmente en la Zona de Adeje, Playa del Duque, Costa Adeje, las Américas o los Cristianos, te hará sentirte como una reina inmersa en unas vacaciones exóticas dentro de tu propio país. Las palmeras, el mar, el chiringuito de la piscina y las múltiples lenguas que se hablan a tu alrededor te transportarán irremediablemente al Caribe. Si buscas una sensación similar, pero en el mismo corazón de la capital, no te pierdas las instalaciones del **Iberostar Gran Mencey** en Santa Cruz de Tenerife. El desayuno bufé en sus jardines es de esos que te reconfirman que tu decisión de empezar la dieta se aplaza... a cuando ya estés en casa.

A comerse la isla

El mejor plan es cuando no hay plan. Alquila un coche en los aeropuertos Tenerife Norte o Tenerife sur a tu llegada para tener libertad absoluta a la hora de moverte por la isla. **Cicar o Autoreisen** son compañías económicas que te darán todo tipo de facilidades. Una vez a bordo, empieza con algo apetecible y ligero. ¿Qué mejor que un bañito para terminar de quitarnos de encima ese invierno que arrastramos desde la Península? Date un chapuzón relajado en **Las Teresitas**, cerca de San Andrés, al ritmo de la música y de alguna bebida refrescante en uno de sus múltiples chiringuitos. O anímate con algunas de las piscinas naturales más emblemáticas de la isla: las de **Bajamar**, abiertas a la furia del Atlántico, las de **El Caletón**, en Garachico, sobre la colada de la última gran erupción de la isla en el siglo xviii, o las ligeramente modificadas por el ser humano: el **Parque Marítimo de Santa Cruz** o los **Lagos Martiánez** en el Puerto de la Cruz.

En estas dos últimas se paga una entrada de cinco euros y su interior alberga pequeños paraísos de agua salada, lava negra y cócteles tropicales al borde —o incluso dentro— de la piscina. ¡Os lo recomiendo!

Descargando adrenalina

Si eres de las que necesitas un chute de adrenalina para empezar a funcionar y prefieres algo más movido, tienes un mundo para elegir. Si te gusta conducir, sencillamente saborea el espectacular paisaje —y las curvas— hasta llegar a **Taganana**, en el norte, o **Masca**, en el oeste, donde además podrás contratar una actividad para recorrer el fondo del barranco del mismo nombre. Si la conducción no es lo tuyo y no te mareas, anímate a disfrutar de una **excursión en barco** —o a alquilar el tuyo propio, sin necesidad de título— desde Los Gigantes para avistar cetáceos.

Si te gusta la actividad física, puedes adentrarte en la infinita **red de senderos que ofrece el Parque Nacional de las Cañadas del Teide** o incluso animarte a coronar la cumbre del pico más alto de España (3700 msnm). Pero, ojo, recuerda que para esto necesitarás un permiso oficial que debes solicitar con meses de antelación. Si no dispones de él, únicamente podrás llegar, caminando o a bordo del **teleférico del Teide,** a la estación de este último, a unos trescientos metros de la cumbre. Eso sí, aunque vengas en bañador desde la playa, hagas lo que hagas no olvides echar al coche ropa de abrigo y botas de montaña, porque en solo una hora el paisaje y la climatología cambiarán por completo. Es la magia del Teide.

Si no te agobia el mundo subterráneo, podrás sentirte espeleóloga visitando uno de los seis mayores tubos volcánicos del mundo, **en la Cueva del Viento**, en Icod de los Vinos.

Y si TIENES que ser necesariamente protagonista de la acción, para sentir que controlas algún aspecto de tu vida —algo que todas necesitamos a veces—, aprovecha tu estancia en Tenerife para iniciarte en algo. ¿Por qué no probar el ***kite*** **o el** ***windsurf*** en El Médano o lanzarte a las olas sobre una tabla en la playa del Socorro? ¿Por qué no animarse con el **submarinismo** en Las Eras o las Galletas, el ***paddle surf*** en San Andrés o el **parapente,** lanzándote en tándem sobre el Valle de la Orotava desde la Carretera de la Esperanza?

Recuerda, guerrera, que los límites los pones tú. Y solo tú. Y si te apetece cualquiera de las cosas sugeridas o incluso se te ocurren otras que no he mencionado, ¿por qué no hacerlas?

Y algo mucho menos épico, pero no menos importante: todas estas actividades cuentan con interesantísimos monitores cuyo objetivo es hacernos un poco más felices. No desaproveches la ocasión y vive, que la vida solo se vive una vez.

Espacios diferentes

Y como la actividad, o incluso pensar en ella, tiene la virtud de despertarnos el apetito (por lo menos a mí), os propongo salir de las propuestas gastronómicas universales y animaros con las exquisitas —y muy desconocidas— especialidades canarias. Probad las lapas o el pulpo guisado en cualquier **Cofradía de Pescadores**, como la de **San Andrés**, la de **Calendaria** o la de **Puerto de la Cruz** (con bellísimas vistas sobre la antigua muralla). Deleitaos con peces como el cherne, que está bue-

nísimo, o la vieja, especialidades locales, en los restaurantes de **Tajao** o **La Caleta**. Degustad una deliciosa combinación de vinos y quesos canarios en la espectacular **Casa del Vino de Tacoronte**; regalaos una parrillada de carne en la **Cueva Caprichosa** de Santa Cruz y vivid la experiencia de un guachinche, ¡adoro los guachinches! Son sencillos, económicos y riquísimos restaurantes locales que producen su propio vino y suelen hacer un pollo a la brasa, entre otras cosas, que te hará chuparte los dedos. La mayoría de ellos se encuentran en el norte de la isla, entre las localidades de La Matanza y la Victoria, pero en el sur podéis encontrar joyitas como **El Cordero**. ¿Cuántas oportunidades en la vida tenéis de comer en el interior de una platanera y llevaros parte de la decoración como postre?

Non-stop

La siesta no está contemplada en nuestra agenda. No hay tiempo que perder. Las que tengáis inquietudes culturales podéis aprovechar la primera hora de la tarde para conocer alguno de los museos de la isla, como el de **Arqueología y Naturaleza en Santa Cruz** o el **antropológico del Puerto de la Cruz**. Podéis recorrer **La Casa de los Balcones** en la Orotava, una auténtica muestra de la vida en la isla congelada en el tiempo. O pasear sin rumbo definido por el centro de San Cristóbal de La Laguna, un **casco histórico** de estética colonial, Patrimonio de la Humanidad, cuyas edificaciones se convertirían en el modelo de las que los conquistadores españoles trazarían en las capitales del Nuevo Mundo. Con fervor o sin él, es muy interesante visitar la **Basílica de Candelaria**, en la localidad del mismo nombre, donde todos los años, el 15 de agosto, se produce una peregrinación masiva, desde cualquier punto de la isla. Y a su lado, las estatuas de los menceyes, los reyes guanches que gobernaban la isla hasta la llegada de los españoles en el siglo XV. Paganismo y catolicismo en una misma avenida. La vida misma.

Si preferís los espacios naturales, podéis acercaros al **Jardín Botánico del Puerto de la Cruz** o a Icod de los Vinos para ver el **drago milenario**, una auténtica joya viva de la que se afirma que tiene unos ochocientos años de edad. Y si necesitáis una escapada un poco más larga, alejándoos de la ciudad, **el Sendero de los Sentidos en el Parque Rural de Anaga**, entre la bruma y la laurisilva, os transportará al pasado. Y oye, entre nosotras, siempre está la remota posibilidad de que esa bruma os haga vivir un viaje en el tiempo, de esos que escribo y tanto os gustan. ¿Os imagináis? Y para quienes os estáis preguntando cuándo podemos hacer una pausa para equiparnos con algún modelito divino,

ropa playera, sandalias cómodas o algún accesorio, este es el momento. **El Centro Comercial Playa del Duque** en Adeje, el **Meridiano** en Santa Cruz o el centro del Puerto de la Cruz son un complemento perfecto a la oferta de mercadillo playero que encontraremos en toda la zona de Adeje y Los Gigantes.

Para comprar gastronomía local, frutas o flores, o incluso solo para pasear, hay que adentrarse en **Nuestra Señora de África**, un mercado de estética colonial en el mismísimo corazón de Santa Cruz de Tenerife.

¿Y qué comprar en las islas que no se pueda encontrar en otro sitio? Pues, por ejemplo, **vino submarino**, madurado a quince metros bajo el Atlántico. O el exquisito vino —que no licor— de plátano, llamado **Platé**. Para lucir, sin duda, la espectacular **bisutería de lava y olivina**. Y para cuidarnos e hidratarnos, el **aloe vera**. Local y buenísimo. Podéis incluso animaros a visitar la finca donde se cultiva y se procesa.

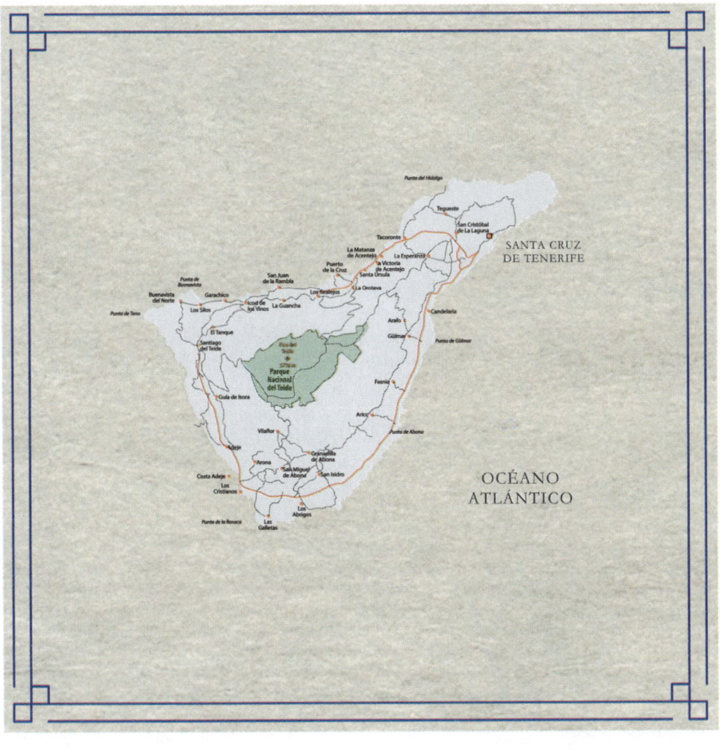

Hasta que el cuerpo aguante

Los mejores *chill outs* con vistas están en la costa oeste, enfrentando el atardecer en el mar, como el **Boreal,** en Buenavista, o **La Baranda**, en Tacoronte. Las noches del **Siam Park** son una apuesta divertida y segura, que combina música, luces y bebida en un parque acuático con oferta nocturna. Yo particularmente estuve durante el día con mi hija Sandra y mis amigos Enrique y Eduardo, y madre mía, lo bien que lo pasamos y la de anécdotas divertidas que nos ocurrieron. Por lo tanto, ¡os lo recomiendo!

Si buscas algo más tranquilo, donde compartir charlas y risas bajo las estrellas, la autenticidad y la sencillez se dan la mano en el **Chiringuito Pirata** de El Médano, donde la cerveza Dorada y las raciones se sirven en mesas de madera, sobre la arena, a pocos metros del mar. Un lujazo, la verdad. Pero la marcha-marcha, de esa que te hace bailar y estar hasta las tantas, está en el sur, en el entorno más turístico y donde están todos los guiris, que es la zona de Adeje, Los Cristianos y las Américas. Es ahí donde se encuentran las discotecas, el ambiente de madrugada, los *pubs* ingleses en mitad de la isla y un aire ecléctico y cosmopolita. **Achamán, Magic Lounge, Papagayo** son algunas de las mejor valoradas, pero siempre encontrarás a alguien que conozca algún otro lugar que te sorprenderá. Si lo encuentras, no dudes en decírmelo. Me encantará saberlo.

Un *brunch* para confesarse

Y al día siguiente, por si la resaca pasa factura y el cansancio ha hecho que te levantes a horas intempestivas, perdiéndote el desayuno del hotel, siempre nos quedarán los *brunchs*. **Las Terrazas**, en el parque de los Lavaderos del Sauzal, ofrece un entorno idílico en mitad de unos jardines de ensueño con vistas al Atlántico y con una luz tan increíble que te impedirá quitarte las gafas de sol. Si prefieres un entorno más urbanita, adéntrate en la **Casa Museo de Cayetano Gómez Felipe**, en San Cristóbal de La Laguna. Su patio empedrado lleno de plantas en una edificación del siglo XVII hará que te transportes a otra época.

¿Qué mejor para una mañana de confesiones con tus amigas que un lugar fuera del espacio y el tiempo conocidos?

Canarias, mucho más que Tenerife

Pero Canarias, por supuesto, no es solo Tenerife. Sería injusto que me quedara solo aquí, pues toda Canarias para mí es especial. El archipiélago tiene otras islas que, cuando te decides a mirarlas sin prisa, te atrapan de una manera muy distinta. Yo he ido llegando a ellas a lo largo de los años, a veces en una de esas avionetas Binter de hélices, donde te dan una riquísima chocolatina que me vuelve loca, como en una película, otras en ferry, viendo cómo la isla se agranda ante mis ojos. Casi siempre con amigas o con familia y con la sensación de que cada isla tiene su propio carácter... y su propio humor.

Gran Canaria fue una de las primeras en enseñarme que aquí no todo es playa, aunque las tenga espectaculares. Recuerdo aterrizar y sentir en Las Palmas esa mezcla tan suya de ciudad y vacaciones, empezar suave por Las Canteras, pasear por Vegueta, perderme entre calles antiguas y luego, casi sin darme cuenta, acabar en carretera rumbo al interior. Teror, Arucas, Agaete..., pueblos que huelen a pan dulce, a café y a calma. En Artenara entré por primera vez en una casa cueva y pensé que vivir ahí debía ser como estar abrazada por la montaña. Más arriba, el Roque Nublo imponía sin decir nada, y en la zona de Risco Caído entendí que esta isla tiene una memoria muy larga. Yacimientos como Cueva Pintada, Cuatro Puertas o la Necrópolis de Arteara son lugares que no te hablan de épica, sino de vida cotidiana antigua. De gente que ya estaba aquí mucho antes de que llegáramos.

Una noche subimos al observatorio astronómico de Temisas a ver estrellas. Sin postureo. Sin discursos. Solo cielo limpio, silencio y amigas comentando bajito lo pequeñas que somos. Al día siguiente, contraste total: Mogán, Maspalomas, dunas infinitas, mar, risas más infinitas aún, y la sensación deliciosa de que Gran Canaria no te obliga a elegir porque lo es todo. De hecho, desde hace años, cada verano, regreso a un maravilloso hotel de la isla que está en Maspalomas, donde me hacen sentir como en casa.

Lanzarote llegó después, y llegó fuerte. Cada vez que aterrizo allí tengo la misma sensación: la de que no se parece a nada. La tierra negra, el calor que sube del suelo, el paisaje casi lunar. Luego viene La Geria, con sus viñas imposibles, y te preguntas cómo demonios crece algo ahí. Y crece, sí. Como tantas cosas que se saltan las leyes de la probabilidad.

He paseado por Teguise sin prisa, he bajado a Playa Blanca a comer pescado mirando el mar y he acabado más de una noche en Puerto del Carmen, riéndome, bailando un poco más de la cuenta y pensando que Lanzarote, cuando se lo propone, también sabe ser nocturna.

En Arrecife aprendí a mirar la isla desde otro ángulo, más cotidiano. Papagayo fue puro disfrute: kayak, *snorkel*, agua clara, piel salada y ese cansancio feliz que solo da el mar. La Cueva de los Verdes y los Jameos del Agua me hicieron volver a bajar la voz, y en El Golfo, frente al Charco Verde, me quedé un rato largo mirando el contraste imposible de colores. Y el Mirador del Río, de Manrique, el gran «constructor» de la isla, el que entendió que la obra humana está para acompañar a la naturaleza y no para sustituirla, fue la despedida perfecta. Magia pura. Lanzarote desde arriba, tal como es, sin filtros.

La primera vez que fui a **Fuerteventura** su calma, su ambiente, su todo, me hizo pensar si mi vida era la que yo quería o si tenía que atreverme a hacer cambios. Y sin duda hice cambios. Allí todo parece más ancho, más lento, más despejado, más calmo. Recuerdo llegar a Corralejo y sentir que el tiempo se estiraba. Caminar por las dunas, coger un barco a la Isla de Lobos y mirar el agua sin pensar en nada más fue realmente bueno para mí. En Cofete, con la Casa Winter observando todo desde su misterio, entendí que hay playas que no están hechas para tumbarse sin más, sino para sentir la historia en ellas, incluso con un leve escalofrío. Para compensar, Sotavento fue todo lo contrario: viento, risas, pies mojados y libertad.

Pasé por Betancuria, por Villaverde y sus molinos, por Puerto del Rosario y Morro Jable, y en Tindaya sentí algo difícil de explicar: que hay montañas que no impresionan por su altura, sino por esa magia que aún transmiten, y que parece devolverte a tu lugar en el *puzzle* del mundo, como en una película de *Avatar*.

La Palma llegó con más intensidad. Ahí fui con mi familia. Mamá, tíos, primos, hija..., y, ¡uf, qué bien lo pasamos! Santa Cruz es bonita sin presumir, y caminar por sus calles llenas de preciosos balcones es hacerlo por una ciudad que no tiene prisa. En la Caldera de Taburiente sentí esa mezcla de agotamiento y euforia que solo da la montaña; en Los Tilos, la sensación de que el verde y la humedad te acogen. Y en el Roque de los Muchachos, tan alto, arriba del todo, me quedé sin palabras. Y eso es difícil.

Pero La Palma también es volcán. El San Antonio, sí, pero sobre todo Tajogaite, el más reciente, el que vimos todos desde las pantallas de nuestros televisores. Ver las coladas, los cambios, la carretera nueva, restos de viviendas que asoman aún en un mar de piedra, escuchar a la gente hablar de lo que pasó..., eso se te queda muy dentro y te apena mucho saber todo por lo que tuvieron que pasar y algunos, siguen pasando. Desde el mirador del Time, mirando hacia Los Llanos de Aridane, vi cómo la belleza y la dureza conviven a veces. Me bañé en el Charco Azul, que, todo sea dicho, ¡estaba congelada el agua!, y llegué hasta el Porís de Candelaria, y allí entendí que esta isla puede tener muchos mundos en uno.

Panorámica de La Graciosa

Faro de Orchilla

La **Isla de la Graciosa** apareció en mi vida cuando necesitaba un par de días de relax, playita y lectura. Esta isla fue reconocida como tal en el año 2018 y es una auténtica pasada. Es pequeñita, dulce y acogedora, y lo mejor, ¡no tiene carreteras!, por lo que raramente verás algún coche.

Allí la mejor opción es alquilar una bicicleta y explorar. Puedes visitar la increíble playa de las Conchas, la de la Francesa, que es tranquila y de arena fina, o la playa de la Cocina, que está frente a la impresionante montaña amarilla. También puedes subir al Mirador del Río, donde disfrutarás unas vistas de escándalo.

El Hierro fue distinto desde el minuto uno. El avión aterriza y ya sientes que estás en un sitio pequeño. Muy pequeño. Y muy muy auténtico. Bucear en La Restinga —o intentarlo— fue una de las experiencias más bonitas que recuerdo: silencio, colores, calma absoluta. El Sabinar, retorcido por el viento, parece el escenario de un *thriller*; un capricho de la naturaleza. En El Julán y el Árbol Garoé volví a sentir esa conexión mítica y antigua con el territorio, y llegar al Faro de Orchilla, donde estuvo el antiguo meridiano cero, me hizo sonreír: porque el fin del mundo —como todos los finales— siempre es relativo.

Y luego está **La Gomera,** a la que casi siempre llego en ferry. Sus altos acantilados que la hacen parecer inexpugnable se me abren repentinamente en un valle plagado de palmeras, como si fuera la isla de los cuentos de piratas o guerreras. San Sebastián, con su Torre del Conde, tiene algo especial, quizá por lo que representa en la historia entre los antiguos pobladores y los conquistadores castellanos. Pero es cuando te internas en el interior cuando ocurre la magia. En Hermigua, en Vallehermoso, en Agulo, todo es verde, lleno de curvas y miradores que te obligan a parar para poder procesar las sensaciones. Y Garajonay, con su laurisilva y su humedad constante, que parece inventado para filmar una película de dinosaurios.

Desde Abrante miré el valle con una mezcla de vértigo y fascinación. En Valle Gran Rey vi caer el sol muchas veces, sin cansarme. Y aunque la isla es el paraíso de los senderistas, siempre aparece alguna playa pequeña, recóndita, para recordarte que sigues estando en Canarias. En un PARAÍSO. Y que eso, guerreras y guerreros, aunque no siempre nos paramos a pensarlo, es un privilegio absoluto.

Delicias locales

En cuestión de bebidas, los chicharreros, como cariñosamente se conoce a los tinerfeños, apuestan por el dulzor. Ese es el sabor que impera en la más internacional de sus bebidas, una con reminiscencias caribeñas y el color dorado que aporta el ron de caña, denominada ronmiel. En chupito frío o en vaso largo con hielo es un clásico de las sobremesas que duran horas y horas. Como también lo es el barraquito, ¡me encantaaaaa! Una combinación para el gusto y la vista, pues el café, el licor y la leche condensada forman delicadas capas que da pena mezclar para disfrutar de su característico sabor. Te sorprenderá lo pronto que aprenden los extranjeros a pronunciarlo. Eso sí, cada lugar tiene su propia fórmula y es tan secreta como la de la coca cola.

Un paseo por la historia

Las imágenes de un pasado en ocasiones difícil de desentrañar y en el que quizá no habías pensado te sorprenderán por toda la isla. Estatuas de menceyes, leyendas de barrancos encantados como el de Badajoz, de lugares increíbles como la Cueva de las Mil Momias, de proyectos fantasma como el santuario de Abades, de nativas desdeñosas que provocaron la muerte de sus pretendientes, como Amarca; o de corsarios buenos que repartían su botín entre los pobres, como Amaro Pargo. Todo ello forma parte de su identidad y su mezcla de credos y culturas, por lo tanto, aprovecha que estás ahí y ¡disfrútalo!

ESCAPADA CON MIS HIJOS A

MÚNICH

Vista de la Marienplatz, Múnich

Hay viajes que empiezan antes de hacer la maleta. Empiezan cuando te das cuenta de que el tiempo corre más deprisa de lo que te gustaría, de que los hijos crecen sin pedir permiso y de que hay recuerdos que, si no se crean ahora, luego ya no sabrán igual. Y este viaje a Múnich en invierno nace justo ahí: en esa mezcla rara de nostalgia anticipada y ganas urgentes de vivir.

Viajar con hijos no es viajar más despacio, sino viajar más profundamente. Es saber parar a veces; es cambiar la lista de imprescindibles por conversaciones a medias, por silencios incómodos y por risas que aparecen cuando menos te lo esperas. Es explicar la historia en voz baja, metiendo mucho humor para que cuaje; es reírse alto y aceptar que el control, ese viejo amigo, se queda en casa.

LAS GUERRERAS MAXWELL

TO

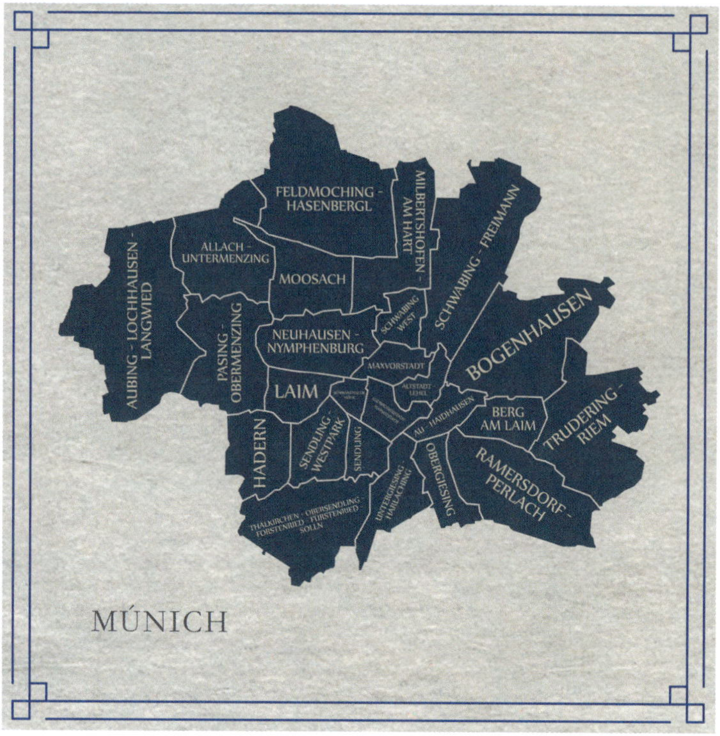

INICIALMENTE pensé en proponer a mis hijos irnos a Núremberg, Alemania. Yo nací allí. Y aunque de pequeña sí lo visité y me pareció un lugar precioso, decidí postponer ese destino, pues allí tenía que regresar con mi mami. Estoy segura de que le encantará pasear por esos sitios donde ella se enamoró y vivió su bonita historia de amor.

Por ello miré a mis hijos y pregunté una tarde:

—¿Os apetece que nos escapemos a Múnich en el puente de diciembre?

—¿Múnich? ¿No hará frío?

—Frío hará en muchas partes, la pregunta es dónde estamos dispuestos a que no nos importe. Además, vivamos la aventura, ¿qué os parece?

Y dicho y hecho. Tres billetes *apañaos,* un vuelo de dos horas y Múnich nos esperaba con su fama de ciudad ordenada, elegante y casi demasiado correcta. Además, yo ya sospecho que, como las personas interesantes, Múnich guarda su verdadero carácter para quien se atreve a mirarla a los ojos. Y el invierno —ese cómplice perfecto— pone el decorado ideal: hojas doradas, rastros de nieve, esa luz oblicua del norte y la deliciosa sensación de que todo está a punto de pasar. Y, bueno, no os lo voy a negar, siempre albergué la esperanza de encontrarme con Eric y Judith por allí, ¿os imagináis lo que hubiera pasado?

Descubre el latido de la ciudad

Marienplatz no es una plaza, es un escenario. Y en los meses de noviembre y diciembre, cuando se monta su precioso mercadillo de Navidad con casetas de madera, es tan bonito e irreal que, pese al frío, serías capaz de quedarte a vivir aquí, bebiendo vino caliente con clavo y dejando que el vaso te caldee las manos. Como curiosidad, os recordaré que aquí fue donde Judith compró el árbol rojo de Navidad. Sí, sí, ¡ese que dejó al señor Zimmerman sin palabras!

Aquí Múnich se exhibe sin complejos, consciente de su belleza y segura de que no necesita pedir perdón por serlo. El **Nuevo Ayuntamiento**, con su estilo neogótico y sus más de cien metros de fachada, parece competir consigo mismo en detalles imposibles, como si alguien hubiera decidido demostrar que la paciencia también puede convertirse en arte. El **Viejo Ayuntamiento**, más discreto, observa con esa dignidad tranquila de quien ha sobrevivido a cinco siglos de cambios y aun así sigue en pie. Fue bombardeado durante la Segunda Guerra Mundial y reconstruido como si fuese el castillo de un cuento de hadas. Mis hijos ya no tienen edad para disfrutar del museo del juguete, ubicado en la última planta de la torre, pero sí de hacerse algunos selfis frente a la escultura de la **Julieta de Shakespeare** que Verona regaló a la ciudad. La tradición local afirma que hay que tocarle un pecho para gozar de suerte en el amor. Y aquí he decir que, aunque ellos pasaron y se rieron, yo sí lo hice. ¿Quién sabe si la tradición tiene razón?

Esperamos el **carrillón** —uno de los más grandes de Europa— como se esperan las cosas importantes: mirando hacia arriba y callando. A las 17:00 horas, cuando se pone en marcha, varias figuras a tamaño real bailan la Danza de Cooper, conmemorando el fin de la peste que tuvo lugar en 1517. Hay algo conmovedor en observar cómo, cinco siglos después, mis hijos, que jamás vivirán una peste, sonrieron con esas sonrisas limpias que todavía no se han cansado del mundo.

—¡Que pasada! —murmuró ella.

—Es increíble que siga funcionando —afirmó él—. Deben cuidarlo mucho.

Y ahí, entre muñecos que giran y campanas que suenan, pienso que tienen razón: es una pasada y que hay cosas que funcionan porque alguien se toma la molestia de cuidarlas.

Subimos los cincuenta y seis metros de la torre de la **Iglesia de San Pedro**, porque las mejores vistas siempre hay que ganárselas. Desde arriba, Múnich se ordena, se explica, se deja querer. Les señalo tejados, torres, avenidas. Les cuento que esta ciudad fue destruida durante la guerra y reconstruida con una dignidad admirable. Ellos escuchan en silencio, y sé que no lo olvidarán. Porque hay historias que se quedan incluso cuando no se entienden del todo.

Saborea la vida al estilo local

El **Viktualienmarkt** es una tentación constante. No importa cuántas veces te digas que solo vas a mirar: aquí siempre acabas probando. Colores intensos, olores que despiertan el apetito y puestos que parecen susurrarte al oído «venga, solo un poquito». En este gran mercado de alimentación al aire libre, con más de un centenar de puestos, puedes encontrar flores, carne, productos lácteos, miel, pescado, frutas, quesos o verduras. Picoteamos sin culpa. Queso, arándanos, algo dulce que no estaba en el plan. Y luego nos compramos las típicas *wurst* en alguno de sus puestos y nos las llevamos al *biergarten* situado justo al lado, donde las mesas se comparten y la vida también. A nuestro lado se sientan tres desconocidos que en cinco minutos ya saben de dónde venimos y se

interesan por nuestra historia. Porque aquí la conversación fluye como la cerveza. Algunos aún van vestidos al tradicional estilo bávaro, como en una nostalgia de la **Oktoberfest**, la archiconocidísima fiesta de la cerveza, celebrada hace poco más de un mes.

Le explico a mis hijos que en Baviera se brinda mirándose a los ojos. Que no es una superstición, sino una forma de respeto. Viene de tiempos mejores, cuando la confianza y la honestidad se demostraban aguantando la mirada.

—¿Y si no lo haces así?

—Dicen que trae mala suerte. Siete años. Especialmente en el amor.

Divertidos, esta vez mis hijos chocan sus jarras contra la mía con solemnidad. No me han confesado quién ronda últimamente por sus pensamientos, pero está claro que no están dispuestos a correr riesgos.

Cruza puertas

Isartor es una puerta medieval, una de las tres que aún restan de la antigua muralla, y la única que conserva la torre y los frescos originales, pero es también una frontera emocional. Al cruzarla siento que entramos en una Múnich más íntima, menos pendiente de agradar y más fiel a sí misma. Caminamos despacio, inventando historias sobre quiénes habrán pasado antes por aquí, imaginando vestidos largos, carruajes y secretos hasta llegar a la **cervecería Hofbräuhaus** como quien llega a un destino esperado.

No hace falta anunciarla: se oye antes de verse. Madera, ruido, música, mesas largas y un ambiente cálido que te abraza sin pedir explicaciones. Camareras vestidas de granjeras bávaras distribuyen jarras gigantescas entre las mesas. Uno de nuestros improvisados compañeros nos cuenta que el edificio tuvo su etapa negra, que Hitler ensayaba allí los discursos para formar el partido nazi. Y que, por eso, tras la Segunda Guerra Mundial, fue destruido y vuelto a construir.

Pienso que los sitios no merecen las emociones destinadas a quienes los usan. Por eso la Hofbräuhaus es hoy el lugar más famoso de Múnich para comer cerdo asado, salchichas alemanas o codillo. Los músicos tocan en vivo, y de vez en cuando la música se interrumpe y todos los comensales alzan sus jarras a un tiempo en una sensación de comunidad, entonando juntos el auténtico himno nacional: *Ein prosit, Ein Prosit der Gemütlichkeit.*

—¿Qué significa? —me pregunta mi hija.

—Un brindis por... *Gemütlichkeit,* no tiene una traducción exacta. Es esa sensación de calidez, de comodidad y de buen rollo que tienes cuando estás bebiendo entre amigos.

Mi hijo arquea las cejas, sorprendido, y alza su jarra:

—Pues no me importaría pertenecer a una nación que ha sido capaz de darle nombre a algo así.

Brindamos. No sé si es la cerveza, la música o la compañía, pero ahora mismo siento una *Gemütlichkeit* que me caldea el alma.

Inventa reinos

La **Residenz** fue residencia oficial de la monarquía bávara durante más de quinientos años y ahora mismo es el palacio urbano más grande de Alemania, reconvertido en museo. Los guías cuentan que tiene diez patios y ciento treinta habitaciones, salas decoradas con preciosos tapices y frescos y una Sala del Tesoro con una colección de joyas de la Casa de Wittelsbach que podría quedarme mirando durante horas sin pestañear.

La Residenz no se visita, se atraviesa. Y se atraviesa despacio, porque cada sala parece querer contarte algo distinto. Por lo tanto, ¡atenta! Y deja volar tu imaginación. Verás techos imposibles, inmensos salones que celebraron banquetes, alianzas y traiciones. Todo aquí habla de poder y de excesos, de una Baviera que fue grande y lo supo.

Mientras yo me pierdo en los detalles históricos, mis hijos se fijan en lo pequeño: una silla diminuta, un rincón escondido, un reflejo en un espejo antiguo. ¿Quién se habrá mirado aquí? Su curiosidad me recuer-

da que la historia no solo vive en los grandes nombres, sino también en los gestos cotidianos que nadie escribió.

Salimos al **Odeonsplatz** y la **Ópera de Múnich**, reconstruida tras los bombardeos de la aviación aliada en la Segunda Guerra Mundial, nos observa como si se hubieran invertido los papeles y nosotros formáramos parte de una representación. Por un momento, creo que lo somos. Y me gusta pensar que este viaje también es eso: una obra compartida.

Sorpréndete

Al salir de la **Residenz**, si el tiempo acompaña, hay que pasear por el **Hofgarten** o Jardín de la Corte. Este jardín de estilo renacentista es un oasis verde en pleno centro histórico, que alberga incluso un Templo de Diana. Su diseño es italiano, pero resulta muy alemán: orden, simetría y un silencio elegante que no pesa. Aquí bajamos la voz, caminamos más despacio y entendemos que también hay belleza en la calma.

Surfistas en pleno Múnich

El **Englischer Garten**, sin embargo, es otra cosa. Más grande que el famoso Central Park de Nueva York, alberga más de ochenta kilómetros de senderos, un *biergarten*, un pequeño templo de estilo griego, una casa de té japonesa y una torre china. Sus jardines, de estilo inglés, sugieren una pausa necesaria. Caminamos sin rumbo viendo ciclistas, músicos improvisados, parejas que se besan sin prisa. Y de pronto, surfistas. Sí, surfistas enfundados en neoprenos oscuros desafiando a la gravedad —y a la imaginación— mientras remontan las olas artificiales del canal **Eisbach** en pleno corazón de la ciudad.

Los locales hacen fotos y les contemplan con cierto orgullo. Mis hijos los miran con asombro y luego me miran a mí con expresión triunfante. Sus caras dicen: «¿Ves? El mundo todavía puede sorprenderte».

Y yo sonrío porque tienen razón.

Date un respiro

La catedral de Múnich, la **Frauenkirche**, impone. Sobria, poderosa, sin necesidad de adornos excesivos, está construida en ladrillo rojo y tiene dos imponentes torres culminadas por cúpulas de color verde. Merece la pena entrar en su interior para ver las vidrieras y la tumba del emperador Luis IV de Baviera.

Aquí les hablo de símbolos, de silencios y de lo que no siempre se ve a simple vista.

Neuhauser Straße nos devuelve al ruido, a las tiendas, a la vida que corre deprisa. Junto a **Kaufinger Straße**, conforman las principales arterias comerciales de Múnich y concentran almacenes, grandes marcas, restaurantes, bares, puestos de venta de *pretzels* y tiendas de *souvenirs*, donde inevitablemente adquirimos nuestra jarra de cerveza de cerámica de Baviera. Un bonito recuerdo de nuestro viaje.

Entramos en **San Miguel**, construida por los jesuitas. Luminosa y equilibrada, impresiona por su gran fachada, que contiene la estatua del Arcángel Miguel luchando contra un dragón. Mis hijos se preguntan si es Sant Jordi y yo bromeo con que no hay un solo dragón maligno suelto por el mundo ni un solo santo dispuesto a acabar con ellos. En su interior nos sobrecoge la impresionante bóveda de cañón. Alguien nos cuenta que solo la supera en tamaño la de San Pedro, en Roma.

La **Karlsplatz**, construida en el siglo XVIII tras el derribo de la muralla medieval, conserva otra de las antiguas entradas de la ciudad, la puerta de **Karlstor**. Ahora, quizá como hace siete siglos, es un constante trasie-

go de personas, movimiento puro. No tan lejos, la **Iglesia Asamkirche** nos sacude. Su tamaño nos ha engañado. Al estar encastrada entre dos casas parecía un edificio menor, pero el interior es barroco, intenso, exagerado, como si pretendiera compensar su tamaño. Mis hijos la contemplan con curiosidad, aunque, me confiesan, no les gusta su estilo recargado. Les digo que hay lugares que no buscan gustar, sino emocionar. Y ellos asienten muy serios, como si acabaran de descubrir una gran verdad.

Aprende jugando

El último día llueve y nos refugiamos en las actividades de interior. El **Deutsches Museum,** que cuenta con una de las colecciones de ciencia y tecnología más grandes de todo el mundo, es un parque de atracciones para mentes inquietas. Aquí mis hijos mandan. Preguntan, tocan, experimentan, hacen selfis. Yo les sigo, feliz de verlos descubrir el mundo sin miedo.

La **Pinacoteca Antigua** nos pide bajar el tono. Y aquí soy yo quien cuenta, quien lee, quien escucha y aprende. Cuadros que observan, historias pintadas, siglos mirándonos desde un marco. Hay muchos nombres conocidos y compartidos: Rubens, Leonardo da Vinci, Velázquez... Nombres que nos trasladan a otros momentos, a emociones que se perciben, a conversaciones sobre sentimientos, sobre arte, sobre conflictos bélicos o cánones de belleza.

Nos tomamos un café y unos refrescos al salir. Y ya no son los museos, sino la conversación que han generado. Podríamos seguir horas. Y yo me alegro de haber dado la vuelta a esa llave, de haber rejuvenecido en el **Deutsches** y de haber hecho a mis hijos madurar en la **Pinacoteca**, hasta que los tres nos hemos encontrado en un punto medio atemporal, sin edad, charlando felices, como tres viejos amigos que se conocen exactamente desde siempre.

El puente llega a su fin y tenemos que regresar a casa, pero tanto mis hijos como yo, algo más veterana en estas lides, sabemos que de ningún lugar se vuelve igual. De Múnich volvemos con más conversaciones compartidas, más recuerdos construidos, complicidades nuevas y la certeza de que este viaje ya forma parte de nuestra historia común.

Y yo regreso con un aprendizaje imprescindible: viajar con mis hijos es entender que no se trata de llegar lejos, sino de llegar juntos.

Recuerda para no olvidar

Hay lugares a los que no se llega con el cuerpo, sino con el alma. **Dachau**, el campo de concentración, es uno de ellos.

El trayecto desde Múnich es corto, casi demasiado. Miramos por la ventana sin hablar, mucho, como si el paisaje supiera a dónde vamos y nos pidiera silencio. Antes de entrar, les explico a mis hijos que este no es un sitio para hacer fotos bonitas y mucho menos selfis. Que aquí se viene a aprender, pero, sobre todo, a respetar. Sin dudarlo asienten. Entienden lo que digo.

Cruzamos la puerta con esas palabras que hielan la sangre incluso cuando hace sol: *Arbeit macht frei*. Que significa «El trabajo os hará libres». El espacio es amplio, ordenado, casi engañosamente tranquilo. Y ahí está una de las grandes lecciones de Dachau: el horror no siempre grita. A veces es silencio y un orden escalofriantemente preciso.

Caminamos despacio entre los barracones reconstruidos. Comentamos lo que ocurrió aquí sin recrearnos, sin adornos, sin esconder la verdad. Hablamos de personas a las que se les quitó el nombre, la libertad y la esperanza. De cómo el odio, cuando se normaliza, puede convertirse en sistema. Y de cómo la historia puede repetirse con otras víctimas. Y con otros verdugos.

—¿Y nadie hizo nada entonces? —me pregunta él en voz muy baja, aún incrédulo.

—Algunos sí —le respondo—. Pero no fueron suficientes.

—Entonces hay que procurar ser más —dice ella. Y no sabe que acaba de decirlo todo.

Nos sentamos un momento. El viento mueve las hojas de los árboles como si también ellas supieran guardar respeto. No hay risas, no hay prisas. Solo una sensación densa en el pecho que no pide ser aliviada, sino comprendida.

Antes de irnos, les digo que recordar no es vivir anclados al pasado, sino comprometernos con el futuro. Que venir aquí no es una excursión triste, es una promesa silenciosa: de **no mirar hacia otro lado**.

Salimos de Dachau cogidos de la mano. No decimos nada durante un rato largo. Y aunque el día continúa, algo en nosotros ha cambiado. Porque hay momentos que se te quedan posados en el alma, aunque no se recuerden con una sonrisa.

Busca siempre la luz, aunque ames la oscuridad

En la **catedral de Múnich** les conté una historia a mis hijos. Como cuando eran pequeños y les leía un cuento antes de irse a la cama.

—Dicen que el Diablo también viaja —empecé—. Y que, como todos los viajeros impacientes, a veces se equivoca.

La leyenda cuenta que, cuando se construía la catedral de Múnich, el arquitecto hizo un pacto con el mismísimo Diablo. Este financiaría la obra con una condición muy clara: la iglesia no tendría ventanas. Nada de luz. Nada de claridad. Un lugar oscuro, como a él le gustaba el mundo.

El arquitecto aceptó, o eso creyó el Diablo.

Cuando la catedral estuvo terminada, el Diablo entró por la puerta principal y se detuvo justo en el vestíbulo. Desde allí, efectivamente, no se veía ni una sola ventana. Satisfecho, golpeó el suelo con el pie, orgulloso de su victoria, dejando marcada para siempre su pisada en el pavimento.

Pero entonces avanzó unos pasos.

Y fue ahí donde lo vio.

La luz entraba a raudales por las ventanas, perfectamente disimuladas desde aquel punto exacto. La iglesia estaba llena de claridad. El Diablo había sido engañado. Furioso, salió corriendo, dejando tras de sí viento, rabia y una huella que aún hoy puede verse en el suelo de la catedral.

Es solo una leyenda, pero impresiona. Nos quedamos un momento en silencio, los tres, mirando la marca oscura en el suelo. Y pienso que quizá por eso esta historia ha sobrevivido tantos siglos. Porque no habla del Diablo. Habla de la luz. De cómo, incluso cuando parece que no existe, siempre acaba encontrando la manera de entrar.

Salimos de la catedral. Afuera hace frío, pero el cielo está despejado. Mis hijos hablan y reflexionan sobre el significado de la historia. Y yo sonrío, porque viajar también es esto: saber mirar un poco más allá del primer paso.

UN VIAJE «IMPREVISTO» A
NUEVA YORK

Central Park

No os voy a engañar, chicas: este viaje no empezó con ilusión, sino con un pequeño drama de esos que todas hemos vivido alguna vez. Tenía dos billetes para Nueva York comprados desde hacía meses. Dos. Plural.

Y de repente, la vida, tan espontánea ella, decidió que la persona que iba a ocupar el segundo asiento se bajaba del viaje. Se me quedó un poco cara de póker, lo reconozco. Y me quedé mirando los billetes pensando: «¿Qué hago? ¿Los vendo? ¿Los cambio? ¿Los pierdo?». Y entonces, una de mis mejores amigas —no diré el nombre porque ella sabe quién es—, una de esas amigas que todas tenemos, de las que están más pendientes que nosotras mismas de nuestros sentimientos y no están dispuestas a tirar la toalla, aunque nosotras ya la hayamos dado por perdida, me llamó por teléfono. No me preguntó ni cómo estaba, porque lo sabía de sobra; solo me hizo una pregunta:

—¿A qué hora sale nuestro vuelo?

LAS GUERRERAS MAXWELL

TO

NADA más. Supe que iba a ser inútil decirle nada y, aunque en ese primer momento no quería decírselo, sentí un alivio infinito por no tener que renunciar al sueño de visitar la Gran Manzana. Creo que incluso sonreí.

Y si os estáis preguntando si se puede cambiar el nombre de un pasajero con un billete de avión emitido os diré que sí, se puede. En muchas compañías, al menos. Es imprescindible que la facturación no esté hecha y tiene un coste de unos setenta euros... Pero poderse, se puede.

Así que decidí que había cosas que era mejor enterrar en el cajón de los trastos que ya no sirven, como los jerséis que pican o los hombres que dicen «ya hablaremos». Y en vez de llorar —o llorando también, porque se puede hacer todo a la vez—, pensé: «Megan, cariño...,

si de algo te ha servido la vida, es para saber que tienes una capacidad enorme para reinventarte. Hazlo. Vete. Respirarás otro aire, verás otras cosas. Y a unas malas te quedarás como estabas, pero con *jet-lag*».

Así que cogí los billetes, eché a la maleta mis ganas de arrancar el año de cero, me subí la bufanda casi hasta los ojos y nos montamos en ese avión rumbo a Nueva York, una ciudad que siempre me ha parecido capaz de calentar incluso los corazones más fríos. Y allá que nos plantamos, en mitad del invierno, con el corazón decidido a desintoxicarse de un recuerdo que ya no merecía espacio, la cabeza llena de dudas y una maleta llena de deseos por estrenar donde, entre jerséis de lana y calcetines calentitos, se escondía un dolor que aún me robaba el aliento.

Nunca olvidaré cómo, al salir del aeropuerto JFK, como en una bienvenida, el invierno neoyorquino me recibió con un soplo de aire helado que me levantó el espíritu. En la ciudad, las luces de Navidad brillaban como promesas nuevas y un Santa Claus con campana, regordete y feliz, me guiñó un ojo justo cuando pensaba que nada podía sorprenderme.

Y pensé: «Bueno..., empieza la aventura».

Elige tu refugio

Mi amiga había llenado nuestra agenda de planes, quizá para que yo no tuviera ni que pensar ni tiempo para arrepentirme. El primer día, previendo las bajísimas temperaturas que afrontaríamos, ella había diseñado un recorrido por el **Museo de Arte Moderno** y el **Museo de la ciudad**. Me gustaron. Bueno, sería más adecuado decir que me resultaron correctos, pero sin la emoción que yo necesitaba. Así que, tras salir, le propuse colarnos, por curiosidad, en la estación Central, la **Grand Central Terminal**.

Ahí sí me sentí a gusto, en mi lugar del mundo; como si, al igual que todos aquellos viajeros, yo me encontrara en tránsito. Nos quedamos más de una hora por allí, observando a la gente, escuchando el eco de las conversaciones, admirando ese techo azul con constelaciones doradas que parece un cielo inventado para que no olvides mirar arriba. Nos sentamos en un banco sin hacer nada más que escuchar el murmullo constante y fantaseamos con el próximo tren que nos alejaba de nuestras vidas en busca de algún otro destino. Las posibilidades eran cada vez más disparatadas y recuerdo que fue la primera vez en días que me reí con ganas. Y ahí sentí que formaba parte de algo grande. Algo en movimiento. Algo que no se detiene por nada ni nadie.

Cuando salimos, fingimos ser dos atareadísimas mujeres de negocios y nos encaminamos al corazón del distrito financiero, la mismísima **Wall Street**. Los edificios de piedra y acero parecían guardianes de secretos centenarios y contrastaban con la prisa de hombres en trajes caros que sorbían café en vasos de cartón. Fue allí, de repente, cuando nos topamos cara a cara con el ***Charging bull***, un toro de bronce con-

vertido en icono de la prosperidad económica que me miraba como retándome. Brillaba, recién pulido por las manos de los turistas. Nosotras lo tocamos también. Al principio con cierta discreción y luego casi con deleite, como en una caricia. Quizá porque le veía con simpatía, como quería sentirme yo, en pie y enfrentando las adversidades. Mi amiga me dijo entre risas que se creía que daba suerte, y en ese momento yo estaba más que abierta a cualquier superstición benigna.

Entramos en **Trinity Church** para refugiarnos del frío y nos encontramos con un silencio tan hermoso que daba gusto quedarse allí dentro. Es una iglesia pequeña, antigua y preciosa, como un refugio necesario. Entre cementerios llenos de nieve y silencio, me sentí como salida de otra época. Encendí una vela, aunque no tuviera allí a nadie, porque a veces hace falta pedir por una misma, y después, despacito, nos encaminamos al **One World Trade Center** y el **Memorial del 11-S**, uno de esos lugares que son siempre reductos de reflexión, aunque se encuentren en mitad de la vorágine de la ciudad. Nos quedamos en silencio y, en un momento, incluso nos cogimos de las manos, porque las sensaciones nos pesaban en el alma y era mejor enfrentarlas acompañadas. Es imposible describir lo que sentí allí, pero los recuerdos que despertó en mí me hicieron valorar todo lo que tengo, como en una terapia. El agua corriendo en silencio en las fuentes negras, los nombres grabados uno a uno... Era imposible no emocionarse, no recordar que la vida es breve, frágil y preciosa. No sé si fue porque estaba especialmente vulnerable, pero salí de allí con los ojos húmedos y un nudo en la garganta. Ni siquiera mi amiga trató de levantarme el ánimo. Quizá porque hay duelos que deben ser vividos.

Subimos al **Empire State Building** a última hora con un viento tan helado que nos despeinó de golpe todas las preocupaciones. La ciudad brillaba abajo como un universo entero y respiré hondo. Ese fue el primer momento en que me sentí realmente bien.

¿Qué importa una sola persona en la inmensidad de lo que puede suceder?

Abraza el invierno

Soy una chica de veranos, lo reconozco; de calor, playa y chiringuito. Sin embargo, aquel año que firmé la tregua con el invierno noté algo especial: el frío te espabila, los paisajes te acogen y la ciudad te habla distinto. Caminar por Nueva York en invierno es como pasear por el interior de una novela que todavía no sabes cómo acaba.

¿Habéis visto **Central Park** nevado? Yo lo había visto en un montón de imágenes, y aun así no estaba preparada para tanta belleza. El **Bow Bridge** cubierto de nieve, el lago medio helado reflejando el gris del cielo, los carruajes tirados por caballos con mantas rojas... Era como entrar en un cuento de invierno. Caminamos sin prisa, con las manos metidas en los bolsillos, escuchando el crujido de la nieve bajo las botas, y jugamos a que cada uno de mis pasos era un pensamiento que dejábamos ir. Sin dolor ni rencores, como una etapa necesaria. Como las nubes que pasan y dejan de formar figuras, el arcoíris que se desvanece o la nieve cuando se derrite.

¡Adiós
a la dignidad!

Las cosas se van. O cambian. Y eso también es bueno.

Me atrapó aquella estampa salida de un anuncio de Navidad. Los árboles blancos, el silencio del parque bajo la nieve, los perros corriendo felices, la gente haciendo muñecos con bufandas viejas... Caminamos sin rumbo y, lo que es mejor, sin nadie que me dijera hacia dónde debía dirigirme. Y ahí, entre los puentes de postal y las ardillas buscando comida, entendí cuánto me hacía falta ese paseo. Cuánto me hacía falta respirar. Y recordar que, antes que a cualquier historia romántica, me debo a mi historia de amor conmigo misma.

En el **Rockefeller Center** decidimos rescatar nuestros conocimientos de la infancia: yo, que nunca fui especialmente hábil, recé porque no hubieran caducado, me calcé unos patines de hielo y me lancé a la pista. Bueno..., «lanzarme» es decir mucho. Sería mejor decir que simplemente entré. Y no con demasiada dignidad.

Pero me reí. Me caí. Mi amiga me ayudó a levantarme. Y nos caímos las dos. Y nos reímos juntas. Y no sé cuánto rato pasé agarrada a la barandilla como si fuera la única cosa estable en mi vida, que quizá lo era. Pero a la cuarta vez que me caía, mientras me disponía a levantarme, un chico guapísimo —porque la ciudad tiene ese humor, creedme— me ofreció la mano. Le di las gracias. Él sonrió y yo me alejé con una sonrisa prendida en el alma.

Mi amiga me hizo gestos de que no perdiera la oportunidad, pero yo me reí.

Porque no vine aquí a empezar nada. Vine a continuar conmigo.

Busca el decorado de tu propia película

Si algo tiene Nueva York es que, incluso cuando te sientes un poco rota, te devuelve escenas de película. **Times Square** de noche con su sobredosis de luces, pantallas, villancicos y Santa Claus clonados en cada esquina, tocando la campana como si estuvieran poseídos por el espíritu navideño, me produjo una confortable sensación de *déjà vu*, como si lo conociera desde siempre.

Nos quedamos allí, entre la nieve artificial que caía desde una terraza y un montón de turistas felices, y nos dejamos contagiar por el caos. Compramos un gorro ridículo y nos hicimos fotos divertidas que enviamos a las amigas de Madrid con un rótulo de «Feliz Navidad». Cuando las editábamos en el móvil, me fijé en mí misma: tenía una expresión alegre y espontánea que hacía semanas que no me veía.

Y como no podía ser menos, encontramos un hueco para perdernos en **Broadway**, porque la música es, desde siempre, la que marca el ritmo de mis emociones. Elegimos una obra casi al azar y entramos al teatro cogidas del brazo, como dos señoras de bien. Tuve la sensación de que el entorno me abrazaba. Las luces se apagaron, la música

Kod
What makes you smile?
Virgin
VORNADO
FRANKLIN vs BELFORT
SAT. SEPTEMBER 19
LIVE ON PAY-PER-VIEW
WELCOME

CHICAGO
JAM PRESENTS
MY MORNING JACKET

empezó y, sin querer, me emocioné. Yo, que había llegado hasta allí huyendo de los sentimientos.

Broadway me recordó que siempre puedes levantarte. Que no elegimos lo que nos sucede, pero sí cómo lo afrontamos. Y que lo que se rompió puede doler, sí..., pero que lo que viene detrás también puede ser maravilloso.

El paseo nocturno en barco por el **río Hudson** es otro momentazo cinematográfico. El *skyline* iluminado. El viento helado en la cara. Y yo, apoyada en la barandilla, con los brazos en cruz y sintiéndome casi como Rose en *Titanic*. No necesitaba a ningún Jack que me salvara de mis pensamientos, solo la ciudad reflejada en el agua y las luces brillando como pequeñas joyas. Una sensación de gratitud inmensa se apoderó de mí y me atreví a gritarlo: «¡Gracias, vida, por traerme aquí!».

Mi amiga me recordó que la vida no había tenido nada que ver allí y que había sido ella quien me había arrastrado a empujones. No la contradije, pero sé que, a veces, es el destino el que te envía mensajeros.

Permítete un capricho

Imprescindible, porque todas sabemos que ese pequeño lujo es como un ibuprofeno emocional. Entramos en **Tiffany's** solo para mirar —y para sentirnos Audrey Hepburn por un rato—. Paseamos por **Saks**, que tenía un espectáculo de luces navideñas que nos mantuvo allí, quietas y con la boca abierta, y mira que eso es difícil. En la **Quinta Avenida** brillaban las luces navideñas y los escaparates parecían cuentos. Tienda tras tienda, tentándote. Entrábamos. Tocábamos. Nos probábamos. Y salíamos, yo sintiéndome un poquito más poderosa.

Y no os voy a mentir: compré cosas. Varias. Demasiadas, quizá. Pero cada prenda, cada detalle, cada tontería era un mensaje claro y contundente de *me lo merezco.*

Mi amiga, como una personal *shopper* enloquecida, me decía lo bien que me sentaba todo. Y yo, que sabía que mentía como una bellaca, se lo agradecí. Hay ocasiones en que la verdad está sobrevalorada.

El mercado navideño de Bryant Park es uno de los imprescindibles en esta época del año. Paseamos por sus puestos, tomamos chocolate caliente, comimos galletas de jengibre y vimos patinar a la gente como si estuviéramos dentro de *Love Actually*. Fue imposible no sentir una ternura enorme por todo, sobre todo en ese ambiente que te hace querer abrazar hasta a desconocidos. Incluso compré un adorno para el árbol. Uno precioso, que me recordará siempre este viaje. Y pensé: «La próxima Navidad... será diferente, porque incluso yo soy diferente ya».

Siente la magia

Nueva York en invierno es un festival, ¿lo he dicho ya? Los escaparates brillan como si se hubieran tragado un millón de estrellas, y en el **Rockefeller Center** un enorme árbol de Navidad iluminado con miles de luces me obligaba a mirar extasiada hacia arriba con una ilusión nueva.

Y supe que ese era el secreto. Contar lo que ganas, nunca lo que pierdes.

Piérdete para encontrarte

Hubo un momento, un día cualquiera, en el que simplemente decidimos perdernos por la ciudad, sin mapa, sin agenda, sin expectativas...

Y entonces descubrimos cafeterías diminutas con olor a canela; tiendas regentadas por gente amable de todas las etnias posibles, calles decoradas con luces pequeñas que titilaban, y barrios enteros con olores y letreros inidentificables que podrían ser un trozo de Asia implantado en Nueva York

Acabamos en Greenwich Village, en una librería preciosa llamada **Three Lives & Company**. Olía a papel nuevo, a tinta y a historias por empezar. Yo compré un cuaderno nuevo y decidí empezar a escribir en él mis sensaciones del viaje, porque sentí que, si no las atrapaba, se me escaparían para siempre.

Nueva York tiene eso: te deja vagar... hasta que vuelves a ti misma.

Recorrimos barrios que solo había visto en series, como Brooklyn, Queens, TriBeCa, Manhattan, Chinatown, el Bronx, y ¿por qué no?, también Harlem. Visitamos lugares con los nombres de las películas con las que yo había crecido, como West Side, en la orilla occidental de Central Park. Y volví al aeropuerto sin sentir que dejaba algo atrás, sin dramatismos ni nudos en la garganta. Regresé con una serenidad que no sabía que era posible, con frío en las manos, pero con calor en el pecho.

Volví siendo yo, pero una versión más fuerte, más luminosa, más consciente.

Había venido a olvidarlo a él y terminé recordándome a mí.

Y ese, mis guerreras y guerreros, es el mejor viaje.

Desde la libertad

Puedes aprovechar cualquier momento porque siempre está ahí, pero yo quería ir el primer día. Tenía muchas ganas de verla cara a cara. Llegamos al ferry, a Battery Park, con las manos metidas en los bolsillos y el corazón un poquito estrujado. Hacía frío. Del de verdad, del que te pellizca la nariz y te corta hasta los pensamientos. Pero tenía claro que debía empezar por ella, por esa figura colosal que ha recibido a millones de personas con su antorcha en lo alto, como si iluminara nuevos comienzos. Las gaviotas volaban bajo y la bruma del río Hudson se levantaba como un telón de teatro abriéndose despacio, y nos sentamos en cubierta —a pesar del viento— porque queríamos sentir la ciudad desde el agua, así, dura, auténtica, sin adornos.

Si puedes elegir, ve a primera hora. Con la luz matinal, la ciudad es como una postal recién salida de imprenta. No hay tanto turista, el viento te despeina de forma dramática (pero favorecedora) y te salen unas fotos que parecen sacadas de una película.

Cuando bajamos del ferry, llevábamos la cara helada, sí, pero también un poco más viva. Y cuando la estatua apareció entre la niebla, con ese verde que solo tienen las cosas que han sobrevivido a tormentas, sentí que algo dentro de mí se recolocaba. Era como si esa mujer gigantesca, con su expresión serena y firme, me estuviera diciendo: «Megan, cariño..., libertad también es soltar lo que te pesa. Y hazme caso, de libertad yo sé un poco».

Qué comer (y beber) en Nueva York

Una mujer que se reinventa necesita combustible. Y Nueva York, si algo tiene, es comida capaz de levantarte el ánimo, aunque se te esté cayendo el mundo encima. Recuerda que aquí no se viene solo a pasear la ciudad...

Se viene a comérsela.

Bagel en Ess-a-Bagel

Con salmón, queso crema, huevo... ¡Lo que quieras! Pero que estén recién hechos. Si hace frío, mejor aún: te calientan el alma. Crujiente por fuera, tierno por dentro y tan grande que parece una declaración de intenciones: «Aquí has venido a disfrutar, no a picotear».

Pizza gigante en Joe's Pizza, en Greenwich Village

En este sitio no hay lugar para la elegancia: aquí se come doblando el trozo y rezando para no quemarte la lengua. Y así lo hicimos. De pie, en la calle, con los guantes puestos y entre risas.

Clam Chowder caliente en el mercado de Chelsea

Perfecta para combatir el invierno. Espesa, calentita y llena de sabor. Cucharadas de calma en un tazón humeante con la nieve cayendo al otro lado de la ventana.

Hamburguesa de Shake Shack en Madison Square Park

Desde las más clásicas a las gourmets. Elige la que te grite «cómemeeee». Comerla mirando el Flatiron Building iluminado en invierno fue casi terapéutico.

Chocolate caliente en Serendipity 3

Denso, dulce, capaz de arreglar cualquier tristeza. Y si no, al menos, de aliviarla. Una taza caliente entre las manos mientras fuera nieva... Eso es vida.

Un Manhattan en un *rooftop* de Midtown

¿Cómo va a faltar un cóctel concebido en esta ciudad? Regálatelo. Para brindar por las decisiones que cuestan y por las que salvan. Que a veces son las mismas.

ENAMORARSE EN PRIMAVERA

PASEOS EN PAREJA POR
MADRID

Estatua de La Cibeles

A veces creemos que hay que volar miles de kilómetros para sentir que estamos de vacaciones, pero yo he aprendido ya que no es cierto. Más que un sitio concreto, las vacaciones son un estado mental. Porque cuando se trata de reír, de disfrutar, de sorprenderse o de ilusionarse, lo que más importa no es el lugar del mundo en que lo hagas, sino quién te acompaña en ese momento.

En mi caso, Madrid, además de mi ciudad de origen, es el escenario de algunas de mis novelas. ¿Os suena? Aparece de fondo, con su ruido, su cotidianeidad y su bullicio en la saga de Pídeme lo que quieras, Melocotón loco, Olvidé olvidarte o Las ranas también se enamoran. Y ¿sabes qué? Que es acogedora y familiar, como esos albornoces calentitos y sobados que son los que más nos gusta ponernos en casa, pero cuando he tenido que contarla como si fuera una extraña, me he dado cuenta de que podría enamorarme de la ciudad a primera vista. Tocando las teclas adecuadas podría verla exótica, excesiva, ajena y deseada como uno de esos atractivos desconocidos que irrumpen accidentalmente en nuestras vidas para ponerla patas arriba.

LAS GUERRERAS MAXWELL

TO

Por eso, si eres de fuera, te animo a descubrirla, y si has nacido en El Foro, como decimos por aquí, te reto a que la mires otra vez. Redescúbrela a través de los ojos de esa persona que hace que los tuyos brillen de una forma especial. Da igual que esté de paso y esta sea su primera vez en Madrid o que sea más castizo que un chotis. Si te propones mostrarle la ciudad, pasearla cogida de su mano, estoy segura de que nunca volverás a verla igual.

Yo decidí hacerlo así, sin planearlo mucho, dejándome llevar por el bullicio, la música en la calle y ese caos improvisado a la hora del vermú. Pese a ser la ciudad de las prisas, Madrid tiene el don de desconectar vidas y relojes, como si los horarios aquí quedaran diluidos, atrapados entre sobremesas eternas, largos atardeceres y madrugadas que se quedan cortas. La capital tiene ese no sé qué que te atrapa: una mezcla de historia y descaro, de canciones canallas y escenarios apenas presentidos en películas. Una fusión propia de *glamour* y cañas, de Serrano y Aluche, de grandes avenidas y callejones con faroles que huelen a cuento y barrios en que cabe todo el mundo. Y cuando la recorres con alguien a quien le brillan los ojos al mirarte, todo parece aún más bonito y auténtico.

Así que ponte tus zapatillas, agarra la mano de tu acompañante y vente conmigo a recorrer los Madriles. En plural. Porque no hay uno solo, sino varios. Y como ocurre con las parejas, a veces no eres tú quien elige si prefieres a la más romántica o a la más gamberra.

Imprégnate de historia en el Madrid de los Austrias

Si hay un lugar que rezuma historia, ese es el **Madrid de los Austrias**. En este emplazamiento real, una se siente como si caminara sobre los pasos de reyes, cortesanas y algún que otro pícaro con más labia que corona. El edificio religioso más representativo es la **Catedral de la Almudena**, construida sobre los restos de la antigua mezquita que hace ya mil años fue testigo de la fundación de la ciudad. Sube a la plataforma que se alza en su cúpula para disfrutar de una increíble panorámica y deja que sus vidrieras de colores te envuelvan en un ambiente mágico.

Al salir te encontrarás en la **Plaza de Oriente**, blanca y levemente recargada, como un pastel de bodas. Además de la imagen de ensueño que te ofrece, justo frente de la Catedral de la Almudena, en la Plaza de la Armería, se encuentra la entrada al **Palacio Real**, la que fue residencia de los reyes de España hasta que se trasladaron al Palacio de la Zarzuela. Aunque en la actualidad solo se utiliza para visitas turísticas, ceremonias de Estado y actos oficiales, sigue siendo el palacio más grande de la Europa Occidental. Por su ubicación también se lo conoce como Palacio de Oriente, y yo, de pequeñita, creía que los Reyes Magos vivían todo el año allí. Eso me encajaba con que la cabalgata fuera siempre en el centro.

Entrar en el palacio es retroceder en el tiempo: tapices, lámparas, espejos dorados... y una escalera central que parece hecha para bajar a cámara lenta. Yo lo hice, claro, sujetando la mano de mi churri, como si fuéramos los protagonistas de una telenovela de época.

Y al salir, prueba a dar un paseo por **los jardines de Sabatini** y contempla el andar pausado de los pavos reales que, como no podía de ser de otro modo, en este entorno palaciego son los auténticos reyes del lugar. Desde aquí puedes acercarte al **Real**, considerado uno de los teatros de ópera más prestigiosos de Europa, o caminar hasta la recién renovada **Plaza de España, en el inicio de la Gran Vía**. Allí siempre hay niños disfrutando de los columpios y algún mercadillo artesanal tentador para las que amamos el *shopping* compulsivo. Desde el monumento a Miguel de Cervantes, las estatuas de Don Quijote y Sancho te mirarán como diciendo: «Chica, el amor también es una aventura».

Y sí, lo es.

Disfruta de la puesta de sol

Si quieres presenciar un atardecer mágico, desde la misma **Plaza de España** tienes dos estupendas opciones para elegir desde dónde verlo. Mi favorita es el **templo de Debod**, un auténtico templo egipcio de más de dos mil doscientos años de antigüedad que Egipto donó a España

por la ayuda que prestó en su momento para salvar Abu Simbel de quedar sumergido bajo las aguas de la Gran Presa de Asuán. Desde aquí puedes contemplar una puesta de sol única, como si el lugar estuviese aún consagrado al dios Ra.

Pero si te sientes menos espiritual y más mundana, sube a la azotea del Edificio España, actual sede del hotel Riu. **El 360 ° Rooftop Bar** y su plataforma de vidrio suspendida a 100 metros de altura está considerado uno de los mejores miradores de Madrid. Es de pago, pero vale lo que cuesta.

Siéntete musa en el Barrio de las Letras

Pasear por el **Barrio de las Letras** es como abrir un libro que huele a historia y vino tinto. Es el auténtico corazón literario de la ciudad y eso, quienes amamos los libros, lo percibimos casi a flor de piel.

Aquí vivieron, se pelearon y escribieron Cervantes, Lope de Vega y Quevedo durante el Siglo de Oro español. Aquí amaron, rieron y lloraron, y aquí murieron, pero si queréis saber la verdad, cuando me paseo por sus calles, de quien verdaderamente me acuerdo es de las mujeres que les inspiraron, las que protagonizaron sus versos y las que les acompañaron en su vida real. También ellas llenaron estas calles con sus risas y sus cuentos. Y, sin duda, con su amor o desamor.

Una ruta por el barrio debe empezar en su centro neurálgico, que para mí es, sin duda, la **Plaza de Santa Ana**, para desde allí perderte por sus calles peatonales e ir parando en sus tabernas más tradicionales, como Los Gatos, Casa Alberto o la gallega Maceiras: lugares perfectos para tomar una tapa acompañada de una cerveza o un vinito que comparten una parroquia mixta de guiris y locales. Aquí las aceras están llenas de frases grabadas, así que, entre beso y beso, nos permitimos recitar algún verso de los clásicos y alguno improvisado de mi churri,

que no es Lope, pero que, como él, sabe que lo mejor para conquistar a una mujer es hacerla reír.

Me gusta pensar que nuestras noches, regadas de risas, romance, debates y vino, no difieren tanto de las de hace cinco siglos. Nos perdimos por **Huertas**, tomamos tapas en **La Fábrica** y terminamos en **Café Central**, donde el *jazz*, que entonces no existía, suena como una rima libre, como una poesía derramada desde las entrañas (madre mía, qué filosófica me estoy poniendo).

No sé si fue el ambiente o el rioja, opto más por lo segundo, pero estoy segura de que allí el tiempo se detuvo.

Piérdete en barrios con nombre —y sabor— propio

Si hay algo que adoro de Madrid, es que cada barrio tiene su propia alma. En **Malasaña**, el barrio alternativo y un tanto h*í*spter, que enamora por sus tiendas *vintage*, mercadillos, librerías y teatros independientes, la vida huele a café recién hecho, a vinilos antiguos y a libertad. El referente de la movida Movida Madrileña en los años ochenta, es la icónica Plaza del Dos de Mayo, pero no puedes perderte la de la Luna o la de San Ildefonso, que alberga un bonito mercado donde tapear en dos plantas.

En la vecina **Chueca**, la alegría se desborda por cada esquina, con risas, luces y ese espíritu abierto que te hace sentir parte de algo bonito. ¡Adoro este barrio! Está considerado uno de los barrios referente para el colectivo LGTBIQ+ de toda Europa y, además del buen ambiente que se respira a todas horas, su interminable oferta de entretenimiento, talleres de tatuajes y tiendas alternativas hacen que sea imposible aburrirse. Aquí están la Plaza del Rey, con su Casa de las Siete Chimeneas, la emblemática Plaza de Pedro Zerolo, la Plaza de Santa Bárbara con su famosa cervecería del mismo nombre y, por supuesto, la Plaza de Chueca, un lugar perfecto para tomarse algo en alguna de sus terrazas. Siempre que encuentres sitio, claro.

Un poco más apartado queda **Lavapiés**, con sus callejuelas empinadas y su mezcla de culturas. Un viaje dentro del viaje con bares indios, tiendas africanas, tascas de toda la vida y arte urbano por todas partes. Cuando la noche nos envolvió, caminamos sin rumbo, riéndonos de todo y de nada, paramos en una terraza diminuta, pedimos dos cañas y una tapa de bravas y nos las sirvió un simpático camarero que solo hablaba árabe. Nunca había tenido que usar el traductor de Google en mi propia ciudad.

—¿Qué pasa? ¿Esta ciudad no tiene personalidad propia? —me dijo mi churri para picarme.

Al revés, pensé yo. Tiene todas las personalidades en una, como una actriz con muchos registros. O como cualquiera de nosotras.

No se lo dije. Prefiero dejar que lo descubra por su cuenta.

Finge que eres guiri en la Puerta del Sol

Sí; ser turista en tu propia ciudad es un gustazo.

Tómate un chocolate caliente con porras en la histórica **Chocolatería San Ginés** o una napolitana o trufa de chocolate en **La Mallorquina** para después acercarte a la Puerta del Sol, probablemente el lugar más emblemático de la ciudad. Allí se encuentran la **Casa de Correos**, cuyo reloj da las populares campanadas de fin de año, sí, sí, ese que ves por la televisión, y la placa de granito que marca el «kilómetro 0» de todas las carreteras de España. Desde aquí busca un hueco para hacerte las típicas fotos con el **Oso y el Madroño** y, aunque las Navidades acaben de pasar, cómprate un décimo de lotería en **Doña Manolita.** Forma parte del paisaje madrileño hasta tal punto de que el boleto en sí no es sino una excusa para perpetuar la tradición.

Bajando por la calle Mayor llegamos a la Plaza del mismo nombre, un lugar mítico rodeado de edificios como la **Casa de la Panadería**, el **Arco de Cuchilleros** y la Estatua de Felipe III. Allí nos comimos ese bocata de calamares que tanto extraña a los foráneos (hasta que lo prueban) y nos reímos viendo cómo los madrileños, entre los que me incluyo, esquivamos grupos de turistas como si jugáramos al Tetris. A la salida nos acercamos al **Mercado de San Miguel**, famoso por su arquitectura de hierro y por sus más de treinta puestos que te permitirán saborear todos los platos nacionales que puedas imaginarte. Eso sí, a un precio, como mínimo, a la altura de la calidad gastronómica que ofrece.

Luego, caminamos hasta la **Estación de Atocha**, una joya moderna que encierra un jardín tropical, algo que nadie espera dentro de una estación. Y nos sentamos a imaginar y cotillear sobre las vidas ajenas en el vaivén de la gente. ¿Y sabes de qué nos dimos cuenta? De que hasta el mayor de los bullicios tiene su encanto cuando estás con la persona adecuada.

Empápate de arte

Madrid es pura cultura, y en primavera, con las temperaturas confortables y los días más largos, aún apetece saborearlo un poco más.

Nosotros pasamos una mañana entera en el **Museo del Prado**, donde Velázquez, Goya y Rubens se codean como viejos amigos. Él se quedó embobado con *Las Meninas* y yo, con su cara de concentración (cada una con su arte preferido, oye).

El cercano palacio de Villahermosa, el Museo Thyssen-Bornemisza, alberga también una importante colección de cuadros con obras de Van Eyck, Tiziano, El Greco, Caravaggio o Van Gogh. Junto al Museo del Prado y el Reina Sofía conforma el llamado Triángulo del Arte del Paseo del Prado, área museística de Madrid que ha sido reconocida como Patrimonio Mundial de la UNESCO. ¡Casi *ná*!

Después, visitamos el **CaixaForum**, ese edificio moderno con jardín vertical que parece una obra viva, y terminamos en el **Museo Reina**

Sofía, frente al *Guernica* de Picasso, en silencio, porque Madrid tiene la capacidad de pasar del bullicio al recogimiento en cuestión de minutos.

Salimos con la mente llena de imágenes, de movimientos artísticos, de pinceladas trazadas en el aire, de diferentes estilos. La luz de la tarde era tan inspiradora que yo misma sentí la tentación de pintarla. Pero casi que no, porque yo para otra cosa valdré, pero para pintar, como que no. Mi churri miró como si esperara el siguiente paso. Por un momento creí que me pediría que le llevara al Bernabéu y, vale, yo lo llevaría, ¡pero es que soy del Atlético de Madrid!

Hazte un *selfie* en las fuentes rivales

No fuimos al Bernabéu, pero sí a Neptuno, la fuente de mi Atlético de Madrid; porque en la capital hasta las fuentes son dioses y todos los dioses tienen sus propias guerras. La **Cibeles**, símbolo del Real Madrid, y **Neptuno**, del Atlético, se miran desde la distancia, compartiendo la ciudad y las celebraciones de las aficiones de sus equipos. Nosotros nos hicimos una foto en cada una, brindando por la paz... y por el amor, claro. Porque sí, soy del Atleti, pero tambien quiero lo mejor para el Madrid.

Después subimos al mirador del Palacio de Cibeles, la actual sede del ayuntamiento de Madrid. Desde allí contemplamos la ciudad a

nuestros pies, con el cielo encendido en un azul imposible. A pocos metros de allí se encuentra la más famosa de las cinco antiguas puertas reales que antiguamente daban acceso a la ciudad. Es la **Puerta de Alcalá,** uno de los testigos impenitentes de la capital, la misma a la que le cantaba Ana Belén con letra de Sabina.

Desde Cibeles, la **Gran Vía** brilla con su permanente oferta de musicales, luces y grandes tiendas. Para tener **la mejor vista** con el famoso cartel de *Schweppes* en primer plano y el edificio de la Torre Madrid al fondo, puedes **subir al último piso de El Corte Inglés de Callao** y tomar algo en su terraza. Esta zona es uno de los ejes comerciales más importantes de la ciudad, junto a la **Calle Preciados** y la **Plaza del Carmen**. De noche recuerda un poco a Times Square o Picadilly Circus, con su trasiego de turistas y sus pantallas iluminadas. Como siempre digo, ¡la Gran Vía nunca duerme!

Y al final de la Gran Vía se encuentra uno de los mejores miradores de Madrid y, sin duda, mi favorito, la terraza del **Círculo de Bellas Artes**. La azotea de este centro cultural, fundado en el siglo XIX por un reducido grupo de artistas, es perfecta para tomar algo al atardecer y quedarte embobada con sus vistas.

Siéntete marinera en el corazón de Madrid

El **Retiro** es el corazón verde de Madrid. Uno de ellos, al menos, porque hay ciudades —y personas— que parecen tener más de un corazón.

En Madrid, a más de trescientos kilómetros de la costa más cercana, puedes jugar a sentirte frente al mar. Nosotros lo hicimos en el Retiro. Alquilamos una barca, intentamos remar entre chapoteos y risas y terminamos haciéndonos selfis con los patos de fondo, varados en el centro, mientras las carpas gigantes parecían esperar a que cayéramos al agua, ignoramos con qué intenciones.

Luego, paseamos por los senderos llenos de flores, visitamos el **Palacio de Cristal**, hicimos un picnic sobre la hierba y nos tumbamos a mirar el cielo, como en su momento lo hicieron Judith y Eric Zimmerman, un cielo que en Madrid parece estar tan cerca... La primavera aquí es uno de los momentos más mágicos, porque todo florece y la Rosaleda está en su máximo esplendor.

Siempre que no seas alérgica, claro, porque si lo eres, ¡mal asunto! **Madrid Río** es otra propuesta cerca de las aguas. Quizá naciera del sueño del Manzanares, de un deseo secreto de emular a Londres y París y dejar que la ciudad se vertebrara en sus orillas. Un parque moderno ha sustituido las antiguas carreteras y transcurre paralelo al río durante siete kilómetros. Está lleno de espacios para practicar deportes, zonas verdes y juegos infantiles. ¡Tiene incluso una playa urbana y una zona de descanso con hamacas! En su trazado está el Matadero, un antiguo mercado de ganado reconvertido en centro cultural con una impresionante oferta de exposiciones y actividades. Un auténtico *must* de los fines de semana. ¡Os lo recomiendo!

Entre puentes futuristas, bicicletas y niños jugando, paramos en una terraza con vistas al río. El aire olía a primavera, y él me dijo:

—¿Sabes? Empieza a gustarme este Madrid tuyo.

Sonreí. A mí también. Quizá porque las cosas gustan más cuando son compartidas.

Vuelve a las emociones de la infancia

No todo va a ser cultura y paseos elegantes y románticos. El amor te hace sentirte como una niña. Por eso tampoco me sorprendió cuando me propuso ir al parque de atracciones. Y no me lo pensé dos veces, pese al vértigo que me dan las alturas.

Para ir a la Casa de Campo cogimos el **Teleférico en el paseo de Rosales**. Desde las cabinas veíamos medio Madrid a nuestros pies, cuarenta metros más abajo, y parecía que rozáramos las copas de los árboles en algún bosque remoto. A él le asombró ver tanta vegetación sin salir de la ciudad. Y mientras miraba por la ventanilla, asombrado, yo le expliqué que todo aquello fue antiguamente un coto de caza de la familia real y que, con sus más de mil setecientas hectáreas, se ha convertido en el pulmón verde más grande de Madrid. En el parque de atracciones volvimos a ser críos por unas horas, entre caídas libres y montañas rusas. Mezclamos los gritos con las risas y los besos sabían a algodón de azúcar.

Al anochecer caminamos hacia el lago. Sus chiringuitos iluminados sobre el agua crean una fantasía de paseo marítimo. Pedimos pescado

fresco y vino blanco para soñar que estábamos junto al mar. Entre las copas de los árboles, divisamos el **Palacio Real** a lo lejos y recordamos la mañana en la que empezamos el recorrido.

Y pensé que aquel día, suspendidos sobre la ciudad, con el viento en la cara y sus dedos entrelazados con los míos, me había llenado más que cien wasaps de te quiero. Ya sabéis, soy una romántica empedernida.

No te pierdas la hora del vermú

Los domingos por la mañana, desde hace casi cuatrocientos años, los madrileños tenemos una cita imperdible en El Rastro, un mercado al aire libre de segunda mano que, desde adolescente, os confieso que es mi perdición. Lo que me gustan a mí los puestecitos. Aquí puedes encontrar cientos de espacios con artículos de todo tipo, desde muebles y libros antiguos, a monedas, discos, artesanía o cualquier colección de cromos que alcances a imaginar. Aunque no tengas intención de comprar nada, es como entrar en un agujero negro. Y cuando por fin sales, la segunda parte del ritual consiste en tomar el aperitivo, por tarde que sea, en alguno de los barecitos de la zona de la Latina. El vermú, como decimos los madrileños.

Sentarse en una mesa es un *plus*, pero no es fácil, así que los barriles apostados en las puertas y las barras de los bares donde alternar de pie se convierten en ese día en un punto de encuentro en el que lo más normal es terminar entre risas con completos desconocidos. Nosotros conseguimos sentarnos en una terraza de la **Cava Baja**, y pedimos vermú con aceitunas, tortilla y croquetas. ¡Un lujazo!

El sol calentaba, un músico callejero le ponía banda sonora a la calle y la vida parecía fácil.

La hora del vermú creo que debería ser Patrimonio de la Humanidad.

Escapada a Navacerrada y la sierra de Madrid

Y si te apetece cambiar asfalto por aire puro, en menos de una hora de coche estás en Navacerrada; la sierra para nosotros, los madrileños, que desde niños hemos aguantado el tráfico de los domingos por la tarde volviendo a casa después de un día de monte y nos hemos familiarizado con la nieve haciendo *culoesquí* en Cotos.

Navacerrada tiene ese punto clásico de segunda residencia, de pueblo de postal donde la leña arde en las chimeneas hasta abril y el humo deja ese inconfundible olor a aldea y a familia. La carretera serpentea entre pinares, el aire huele a resina y el silencio, tras el bullicio de la capital, suena a lujo.

Aquí las montañas abrazan el cielo, domingueros y senderistas coincidimos en los caminos y los bares sirven caldo y chocolate caliente todo el año. Nos sentamos en una terraza compartiendo una mantita, miramos el atardecer y pensamos: «Madrid no se acaba, solo se transforma».

Y es cierto, porque Madrid es una historia de amor contada en capítulos cortos: uno por cada barrio, por cada tarde, por cada brindis. Si vienes como turista, encontrarás una ciudad acogedora, porque late al ritmo de cada corazón. Así que ya sabes, si alguna vez necesitas reenamorarte —de la vida, de alguien o de ti misma—, vente aquí en primavera. Quizá incluso decidas quedarte para siempre.

UNOS DÍAS CON MI HIJA EN

LONDRES

London Bridge

Hay viajes que una planea con precisión quirúrgica y otros que surgen en esos días en los que sientes que necesitas aire fresco; pero no cualquier aire, sino uno que huela a novedad, a descubrimiento y a risas compartidas. De esos que sabes que son ahora o nunca.

Este viaje nació así: una tarde cualquiera en la que mi hija buscaba un musical con el que tentarme y en la que finalmente me tentó con toda una propuesta:

—Oye, mamá, ¿por qué no nos vamos juntas a Londres?

Lo enunció con naturalidad, como si Londres estuviera esperándonos, como si fuera una ciudad que conociera nuestro nombre y nos invitara a caminar por sus calles, a mojarnos bajo sus lluvias caprichosas y a sentarnos en sus parques sin prisa. Y yo, que a estas alturas de la vida ya he aprendido que los momentos más valiosos no esperan a que una tenga tiempo, dinero o motivos, respondí sin pensarlo demasiado:

—Pues eso digo yo. ¿Por qué no?

LAS GUERRERAS MAXWELL

TO

Así que cerramos ordenadores, apagamos obligaciones, guardamos esas expectativas que nunca son buenas compañeras de viaje y nos plantamos en Heathrow, a disfrutar de ese olor a humedad que siempre tiene Londres, mezcla de lluvia reciente, flores abiertas y pan recién horneado. Nos habíamos convencido a nosotras mismas de que Londres merecía por lo menos cinco días de nuestra vida y llevábamos una agenda de visitas digna de un primer ministro.

Era primavera, y la ciudad, igual que nosotras, solo quería saberse especial.

Deja que Londres te cuente

Londres tiene una capacidad increíble de hacerte sentir pequeña, pero no insignificante, sino parte de una historia inmensa, como si cada paso que das se sumara a los millones de pasos que mujeres, hombres, reinas, soldados, poetas y amantes han dado antes que tú.

La primera mañana fuimos a **Westminster** y, mientras cruzábamos el puente con el **Támesis** respirando debajo, escuchamos el **Big Ben** dando la hora con solemnidad, como si nos diera la bienvenida formal a esa parte de la ciudad donde el tiempo parece no avanzar. Cuando hablamos del Big Ben nos referimos a la Torre del Reloj, pero esta denominación no es del todo exacta, ya que el Big Ben realmente es una enorme campana de catorce toneladas que se encuentra en el interior de la torre y que, junto al Palacio de Westminster, son Patrimonio de la Humanidad.

Entramos en la **Abadía de Westminster**, el templo religioso más antiguo y famoso de Londres. Una joya de la arquitectura que ha sido testigo, desde el siglo XI, de casi todas las ceremonias de coronación, bodas y funerales de la monarquía. Y no sé si fue la luz filtrándose entre vitrales, el silencio profundo que pedía respeto o las historias que imaginé sobre quienes descansan allí, pero sentí esa emoción especial de estar ante un lugar que ha protagonizado eventos que han hecho llorar a naciones enteras. Si como a mí te encantan los sitios donde se

¡Donde se casó Lady Di!

te ponen todos los pelitos de punta, no dejes de entrar en su precioso interior de estilo gótico. Allí encontrarás las tumbas de reyes y personajes tan ilustres como David Livingstone, Isaac Newton, Charles Dickens, Laurence Olivier o Charles Darwin.

Desde Westminster caminamos hacia el **Parlamento** y después, junto al río, casi sin darnos cuenta, hacia la **Torre de Londres**, ese edificio imponente, frío y fascinante que tiene capas de historia oscuras y brillantes a la vez. Rodeada de un foso y situada en la orilla norte del Támesis, fue construida en el año 1078 para defender la ciudad de las

incursiones enemigas. Entrar allí es como meterse en una novela llena de traiciones, coronas robadas, reinas decapitadas y secretos. De esas que a nosotras nos encantan, vaya.

Salimos por el otro lado, caminando directamente hacia el **Puente de la Torre**, que se alza desde el año 1894 como si uniendo los dos lados del río con su puente levadizo —aún en funcionamiento— también uniera dos épocas: lo antiguo y lo contemporáneo. Mi hija se apoyó en la barandilla, mirando el agua, y me dijo que Londres, aunque fuese caótico, tenía algo que calmaba. Y yo asentí, porque tengo más años que ella y ya he aprendido que, a veces, las ciudades no son sino espejos que reflejan lo que miras.

Si te pirras por las series —y las novelas— de época, no dejes de visitar el **Palacio de Kensington**, situado delante del lago Round Pond, en **Hyde Park**. Es residencia de la monarquía británica desde hace más de trescientos años y conserva las antiguas estancias con mobiliario y objetos decorativos originales.

Y, por supuesto, en el Palacio de Buckingham, residencia oficial del actual monarca británico, no olvides presenciar el mítico cambio de guardia.

Y otra cosa: antes de que lo desmantelen a fuerza de devolver las piezas de todas las civilizaciones que conserva, tienes que ir al **Museo Británico**, uno de los más importantes del mundo. En él encontrarás desde la Piedra Rosetta a los mármoles del Partenón de Atenas, e incluso una colección de momias egipcias. Allí no sabría decir cuál de nosotras dos se quedó más fascinada.

Déjate abrazar por la naturaleza

Siempre he pensado que los parques son los pulmones emocionales de las ciudades, y en Londres, donde el verde parece brotar incluso del asfalto, es imposible no sentir que la naturaleza te abraza, aunque el gorro te aplaste el pelo y el frío aún te congele los dedos.

Fuimos a **Hyde Park**, donde las flores parecían competir por ver cuál seducía más y los patos nadaban con esa elegancia que da no tener preocupaciones. Nos sentamos junto al lago con dos cafés y galletas y empezamos a hablar, no de trivialidades, sino de lo que de verdad importa: los miedos futuros, los sueños propios, las expectativas ajenas, el amor —ese que llega, ese que se va, ese que no sabemos si queremos— y ese equilibrio extraño entre disfrutar el presente sin angustiarse por lo que no controlamos.

Como si la teoría no bastara, decidimos subirnos a una barca en el **Serpentine**, y yo, que remo con la misma destreza que una ardilla con resaca, terminé girando en círculos y casi atropellando a un pobre pato que nos miró indignado. Mi hija reía como cuando era niña, y esa risa, mezcla de libertad y ternura, me recordó algo importante: no importa la edad; cuando nos permitimos jugar, la carga del mundo se vuelve mucho más ligera.

Regent's Park, el antiguo coto privado de caza del rey Enrique VIII, es otro de los parques más bonitos de Londres. Este gran pulmón verde del centro de la ciudad abrió sus puertas como parque público en 1838 y, desde entonces, se ha convertido en uno de los favoritos de los londinenses.

Subimos hasta **Hampstead Heath**, donde Londres se ve desde arriba como si fuese un rompecabezas de ladrillo y verde. Caminamos sin rumbo, con el viento fresco pegándonos en la cara, y me di cuenta de algo precioso: con mi hija no necesito destinos, solo trayectos.

Haz de la ciudad tu escenario

Hay lugares donde no caminas: actúas. Y Piccadilly Circus es uno de ellos.

El caos encantador de pantallas, autobuses rojos, turistas confundidos, adolescentes disfrazados y música callejera nos envolvió como si hubiésemos entrado en una escena de comedia romántica. Nos hicimos fotos ridículas, posamos con dramatismo digno de un Óscar y por un momento sentimos que la vida exigía exageración y brillo, no mesura.

Creo que he escrito «un momento», pero he pensado «siempre».

Pero si en **Piccadilly** vibras, en el **West End** sientes. Fuimos a ver ***Wicked***, y cuando las luces se apagaron y sonó la primera nota, mi hija me apretó la mano y yo —que siempre he sido fuerte en público— sentí que los ojos se me humedecían. No solo por la música, sino porque hay

una ternura inmensa en compartir belleza con alguien que amas, sin necesidad de explicaciones ni de palabras.

Esa noche caminamos por el **South Bank**, con el río reflejando luces temblorosas, músicos tocando *jazz,* parejas robándose besos y turistas fotografiando todo sin vivir nada. Nosotras caminábamos lentas, escuchando, observando, sintiendo y sin prisa por llegar a ningún sitio, porque no nos hacía falta: ya estábamos donde queríamos.

Siéntete cultura

Hay días en los que necesitas ver belleza para recordar que el mundo no está hecho solo de obligaciones.

En la **National Gallery**, frente a cuadros donde los ojos de mujeres antiguas parecían observarnos, sentí que el arte tiene el poder de hacernos mirar hacia adentro sin herirnos. Comentamos historias inventadas sobre personajes pintados, como si viviéramos vidas paralelas a las suyas.

En la **Tate Modern**, rodeadas de instalaciones raras, luces, espejos y estructuras abstractas, comprendí que no necesitamos entenderlo todo para poder sentirlo.

Fue mi hija quien me dijo:

—Mamá, el arte es como la vida: hay cosas que te gustan sin que sepas por qué. Y yo creo que es porque no las procesamos con el cerebro, sino con el cuerpo.

Y pensé que esa frase merecía ser tatuada en alguna parte.

La ruta por este museo, ubicado en una antigua central eléctrica, termina en su terraza, con unas fantásticas vistas sobre la ciudad. Al salir puedes cruzar el espectacular puente colgante de acero que cruza el río Támesis y llegar en pocos minutos a la **Catedral de San Pablo**, la que, según se afirma, es, tras la basílica de San Pedro, la segunda catedral más grande del mundo.

Disfruta de las alturas

¿Hay algo más espontáneo que disfrutar como una niña pequeña?

El **London Eye**, conocido también como la Rueda del Milenio e inaugurada en el año 2000, es una enorme noria de ciento treinta y cinco metros de altura ubicada a orillas del río Támesis que te regala unas increíbles vistas de la ciudad. Y si prefieres mirar el mundo desde una plataforma algo más fija, vete al **Shard**, un imponente edificio de más de trescientos diez metros que ofrece unas espectaculares panorámicas de trescientos sesenta grados desde las plantas 68, 69 y 72. Allí es casi una obligación subir al atardecer para ver la puesta de sol. Y si quieres disfrutar de un picoteo mientras observas extasiada el espectáculo cotidiano, como hicimos nosotras, lo tuyo es la elegancia minimalista del **Sky Garden**, un increíble mirador gratuito con un jardín botánico y un más que oportuno bar en su interior.

Celebra cada momento

Londres tiene tiendas para todos los bolsillos y personalidades, pero esto no va de comprar, sino de participar en ese ritual femenino —no siempre racional— de elegir algo que nos represente, algo que diga: «Esta soy yo ahora, aunque cambie mañana, que para eso estoy en mi derecho».

Paseamos por el **Soho**, repleto de tiendas, boutiques, galerías de arte, cafeterías de moda y *pubs* donde tomarte una última pinta con música en vivo. Nos detuvimos en **Covent Garden**, con sus músicos callejeros llenando el aire de canciones, sus terrazas rebosantes de gente y sus tiendas preciosas iluminadas como escenarios. Compramos una vela con olor a vainilla y jazmín que mi hija declaró «perfecta para noches postdrama». Y yo me enamoré de una taza con una frase motivacional y cursi, de esas que me reservo para tomar café en la clandestinidad.

En **Oxford Street** nos perdimos, literalmente, entre gente, escaparates y nubes de perfumes nuevos. Probamos ropa que no necesitamos, nos reímos en probadores, hicimos vídeos absurdos y terminamos comprando algo pequeño pero significativo: un pañuelo fucsia, compartido, que decidimos usar cuando tengamos días grises. Así nos aseguramos de no tenerlos las dos al mismo tiempo.

Porque el estilo no es solo apariencia, sino una absoluta declaración de intenciones.

Un viaje no siempre tiene por qué cambiar tu vida;
a veces solo la ilumina un poco más.

La última noche, sentadas junto al río, envueltas en bufandas que olían a lluvia y perfume, mi hija me dijo suavemente:

—Mamá, me encanta viajar contigo porque, aunque a veces no digamos nada, siento que, cuando volvemos, lo hemos hablamos todo.

Y esa frase, solo esa frase, vale oro.

Cuando el caos ordena el alma

Es curioso cómo los mercadillos de Londres tienen esa habilidad de mezclar lo mundano con lo mágico, lo artesanal con lo extravagante y lo cotidiano con lo inesperado, como si cada puesto fuera una puerta abierta a un universo distinto y tú, al pasear sin rumbo, te estuvieras asomando a cientos de vidas, historias y posibilidades.

Fuimos a **Portobello Road Market**, en **Notting Hill**, un lugar que siempre imaginé como escenario de comedia romántica, con casas de colores pastel, flores en las ventanas, música callejera y esa sensación de que en cualquier momento Hugh Grant saldrá de una librería a pedirte disculpas por haberte tirado encima un café que no pediste.

Mi hija, fascinada por la mezcla de lo *vintage* con lo irreverente, se probaba sombreros antiguos frente a espejos diminutos mientras yo me entretenía leyendo etiquetas de porcelanas viejas que parecían venir de casas desmontadas hace cientos de años. Compramos una cuchara victoriana, absolutamente inútil pero preciosa, porque acordamos que hay objetos cuya función no es ayudar a vivir, sino recordarte quién eras cuando la compraste.

Desde Notting Hill bajamos hasta **Camden Market**, y ahí la experiencia fue otra: un laberinto de tiendas colgantes, túneles industriales, aromas a especias, incienso, queso fundido y comida asiática, y un desfile de personas que, cada una en su estilo, parecían haberse puesto de acuerdo para sorprendernos. Mi hija las miró con asombro y descubrió una absoluta certeza:

—Si el mundo fuera más como Camden, todos seríamos mucho más felices.

No estoy segura, pero al menos sí que seríamos más nosotros mismos.

Nos sentamos a comer *noodles* al borde del canal, viendo pasar los barcos, y luego fuimos a **Borough Market**, donde la comida se convierte (casi) en una religión. Probamos quesos que parecían poesía salada, aceitunas gigantes, pan con romero, fresas dulces y un brownie que casi nos hace llorar de esa felicidad que solo aparece cuando sientes que la vida te está consintiendo sin pedir nada a cambio.

Pero quedan muchos más sitios: **Leadenhall Market**, famoso por ser el escenario de algunas escenas de la película *Harry Potter y la piedra filosofal*, es un mercado cubierto de estilo victoriano que enamora a primera vista por sus paredes y techo pintados de llamativos colores, como verde, rojo y crema. O **Brick Lane**, un impresionante mercado del arte callejero realizado por algunos de los mejores grafiteros del planeta, como el famosísimo Banksy. O incluso el **Old Spitalfields Market**, famoso por el ambiente creativo que envuelve sus puestos de moda *vintage*, diseño, artesanía, vinilos y comida *gourmet*.

A veces no hay que ir buscando algo para encontrarlo.

Refugios contra la tristeza

Londres no sería Londres sin *pubs*, esos lugares que son mucho más que bares: son refugios, salas de confesión, escenarios de conversación y laboratorios emocionales donde una pinta puede convertirse en catalizador de esas verdades que, a plena luz del día, nos cuesta pronunciar.

Nos sentamos en **The Blackfriar**, un *pub* antiguo, con decoración *art nouveau*, vitrales dorados, paredes oscuras y una calidez tan instantánea que parece estar abrazándote. Entramos en **The Churchill Arms**, que parece un jardín vertical, pero que por dentro es un microcosmos lleno de banderas, fotos antiguas, lámparas colgantes y mesitas pequeñas diseñadas para las conversaciones más íntimas, y nos confesamos en **Ye Olde Cheshire Cheese**, uno de los *pubs* más antiguos de Londres, con techos bajos, madera oscura, pasillos estrechos y una iluminación tan tenue que llegas a preguntarte si has estado allí de verdad.

Mientras escuchábamos el crepitar casi imperceptible de una chimenea, pensé que los *pubs* no son esos lugares para ahogarse en alcohol que glosan las canciones malditas, sino para encontrarse con una misma, con los otros y con todo lo que llevamos dentro. Porque a veces, solo cuando la música está alta, es cuando el corazón se atreve a hablar claro.

VIAJE DE FINDE A
BARCELONA

Vista desde La Barceloneta

Hay viajes que no se planean. Son tan sencillos y apetecibles que simplemente suceden.

Por eso cuando alguna de mis amigas me dice: «Megan, ¿por qué no te escapas un fin de semana conmigo a Barcelona?», no lo dudo ni un segundo. Meto un par de pantalones, una chaqueta, mis gafas de sol y toda la ilusión del mundo, porque, pese al proverbial enfrentamiento entre madrileños y catalanes, yo, particularmente, soy de la opinión de que gente buena o tonta existe aquí y allí. Por lo tanto, ¡dejémonos de tonterías y a disfrutar!

Como curiosidad os contaré que yo misma viví en Barcelona durante años, concretamente en un precioso pueblo costero llamado Castelldefels. Imaginaos lo que fue para una urbanita como yo vivir junto al mar. ¡Una pasada! Allí estuve unos años bonitos, donde conocí a muchísima gente maravillosa que guardaré para toda mi vida en el corazón.

LAS GUERRERAS MAXWELL

TO

BARCELONA tuvo su gran transformación a raíz de los Juegos Olímpicos de 1992. Fue entonces cuando la Ciudad Condal se convirtió en una de las ciudades más visitadas de Europa. Y del mundo. Imagino que el AVE ayudó a acercarla a Madrid y a nuestro imaginario; que nos hizo ver lo que los turistas buscaban en ella y enamorarnos de las impresionantes joyas arquitectónicas soñadas por Gaudí.

Pero Barcelona es mucho más que arquitectura modernista. Es la estética medieval del Gótico, la decadencia del Born, el bullicio marinero y popular de la Barceloneta, la transformación del Poblenou o el *seny* de Gràcia y, por supuesto, las vistas desde los espectaculares miradores de una ciudad que conecta la montaña y el mar.

Aquí la historia convive con el arte, el Mediterráneo antiguo se mezcla con la modernidad y las noches..., bueno, las noches son para vivirlas y no contarlas, porque no querrás que te lo cuente todo, ¿no?

Barcelona no es solo una ciudad, es un estado de ánimo. Es arte y sal, historia y risas. Catalán y castellano conviviendo con otros mil idiomas: chino, magrebí, pakistaní, ruso o italiano, como en una de esas repúblicas piratas del siglo XVI que florecían en el Mediterráneo.

Siempre que viajo a Barcelona, ya sea por trabajo o por puro gusto, me encuentro una ciudad palpitante que me permite desengancharme. Así que, si alguna vez necesitas recordarte no quién eres, sino quién podrías ser, ven a esta Barcelona cosmopolita y poliédrica, porque aquí cada rincón parece susurrarte su mantra al oído: «Vive, come, ama y reza si quieres, pero no te tomes la vida tan en serio, que son tres días y dos de ellos, nublados». Así que prepárate, amiga, que te voy a enseñar cómo recorrer Barcelona en primavera con el corazón abierto y una sonrisa traviesa en los labios.

Disfruta del sabor del pasado

Probablemente mi rincón preferido en Barcelona sea el **barrio del Born**, entre Vía Laietana y La Barceloneta. Sus calles estrechas y adoquinadas están repletas de restaurantes de tapas, cafés con encanto, *boutiques*, tiendas de proximidad y locales para tomar la primera copa de la noche. El Born es uno de esos lugares que nunca defraudan a ningún viajero.

La manera más bonita de acceder a él es a través del **Arco de Triunfo**, la antigua puerta de entrada a la Exposición Universal, pero no a la del 92, sino a la del 88, de un siglo antes. Realizado en ladrillo cerámico y de inspiración neomudéjar, esta construcción de treinta metros de altura probablemente sea el único arco de triunfo del mundo que no tiene una connotación militar. Y me encanta que así sea. En su friso, en lugar del relieve de un saqueo, la ciudad recibe a las naciones participantes junto a la Agricultura, la Industria, el Comercio y el Arte. Un comienzo más que prometedor.

Cruza desde aquí al **Parque de la Ciutadella**, uno de los pulmones verdes del centro. Construido sobre los terrenos de una antigua fortaleza militar para la Exposición Universal de 1888, este parque sorprende por sus árboles centenarios y sus modernistas edificios del siglo XIX, entre los que destaca el Castillo de los Tres Dragones. ¡Y esto mucho antes de que supiéramos de la existencia de Daenerys de la Tormenta!

Y una vez en el Born, quizá te sorprenda encontrar aquí un Museo Picasso. ¿Sabías que el pintor malagueño estuvo viviendo en esta ciudad? Se mudó con sus padres a Barcelona en 1895, con trece años, y aquí estuvo hasta los veintidós, cuando se fue a París. Durante el recorrido por una colección de más de tres mil quinientas obras podrás asistir a la etapa más joven y desconocida del pintor.

Y al salir no dejes de dirigirte a la magnífica basílica de Santa María del Mar. Construida en estilo gótico durante el siglo XIV, se ha hecho famosa por protagonizar la obra literaria *La Catedral del Mar*, el *best seller* del escritor español Ildefonso Falcones. Su interior es espectacular, pero si necesitas una motivación adicional, sube a la terraza y disfrutarás de unas increíbles vistas de 360 ° del centro de Barcelona. ¡Te quedarás sin aliento!

Desde el Born, acércate a **La Barceloneta**, el antiguo barrio de pescadores, donde el mar huele a sal y los chiringuitos sirven un arroz con marisco que haría llorar de emoción a cualquiera (solo de recordarlo ya estoy llorando, ja, ja, ja). Siéntate frente al mar con una copa de vino blanco y una bandeja de calamares y verás como en Barcelona la primavera te sabe a verano adelantado.

Siéntete una auténtica dama

El Distrito de Gràcia, que combina tiendas de proximidad y tabernas donde tapear y probar los típicos platos de la gastronomía catalana, es otro de mis imprescindibles en Barcelona. En los últimos tiempos está especialmente de moda, porque artistas y bohemios han decidido hacer de él su hogar. Y no es para menos. Date una vuelta por sus calles, detente a tomar algo en las terrazas de sus plazas más famosas, como la de la Virreina, el Sol, la Revolución o el Diamant, y entenderás el porqué.

Si quieres sentirte reina por un día, lúcete por el **Paseo de Gràcia**, la calle que une el emblemático barrio con la Plaça de Catalunya. Fue el auténtico escaparate de la burguesía barcelonesa del siglo XIX, y aún hoy aúna algunos de los edificios modernistas más bonitos de Barcelona como **La Pedrera**, la **Casa Batlló**, la **Casa Amatller** y la **Casa Lleó Morera**. Sus avenidas amplias, los escaparates de lujo y las fachadas de **Gaudí**, que parecen salidas de un sueño, te harán caminar con la cabeza alta y el corazón ligero.

Y después de recorrer el Paseo de Gràcia te propongo acabar en la **Plaça de Catalunya**. Construida en el año 1889, después de la Exposición Universal, es el punto de unión entre el casco antiguo de la ciudad y el distrito del Eixample. Sus treinta mil metros cuadrados están rodeados de imponentes edificios que albergan centros comerciales, tiendas, bancos y hoteles, además de fuentes ornamentales, esculturas y palomas. Sí, has leído bien: centenares de palomas que abuelitos y nietos alimentan desde hace varias generaciones. Para disfrutar de las mejores vistas de la plaza, te aconsejo que subas a la terraza de la cafetería de El Corte Inglés, ubicada en la última planta. Al bajar, puedes salir de la plaza por calle del Portal del'Àngel, pasando por el precioso Mural del Beso. Hazte una foto aquí, ¡es una pasada!

Y si te animas a continuar el paseo desde la Plaça Catalunya hasta el Monumento a Colón, frente al mar, hazlo de la forma más clásica, bajando por Las Ramblas de Barcelona. Eso sí, cuidado con los carteristas. Esta avenida de un kilómetro y medio parece un reclamo de turistas que alberga desde el **Gran Teatro del Liceu** al exquisito **mer-**

cado de La Boquería. Y no olvides pasar por la **fuente de Canaletas,** donde los aficionados del Barça celebran sus triunfos. A diferencia de sus compañeras en Madrid, esta fuente tiene una peculiaridad: dicen que el que bebe su agua, vuelve siempre a la Ciudad Condal. Y querrás comprobarlo por ti misma, ¿verdad?

Da un paseo por la historia

El **Barrio Gótico** es un viaje en el tiempo. Es caminar entre calles estrechas, plazas escondidas y muros que han visto siglos de amor, guerras y secretos. Con un origen que se remonta a la época romana, de la que todavía se pueden ver algunos restos de la antigua ciudad de Barcino, esta zona alcanzó su máximo esplendor durante la Edad Media con la construcción de iglesias y palacios. En la **Plaça del Rei**, el silencio pesa, y en la

Catedral de Barcelona, la luz se filtra como si quisiera contarte algo. Si subes al mirador de la Catedral, verás los tejados, las torres y un pedacito de mar a lo lejos. Y al rozar las piedras, tendrás la sensación de que cada una de ellas guarda una historia.

Al salir puedes —y debes— perderte por las estrechas calles del barrio el **Carrer del Bisbe**, donde podrás ver el famoso puente del obispo; y rincones tan mágicos como la **Plaça Sant Felip Neri**, el **Palau del Bisbe**, el escondido **Templo de Augusto**, la **Plaça Sant Jaume** o la magnífica **Plaça Reial**. Una vez llegues al Carrer Petritxol, repleto de galerías de arte, te recomiendo subir a la **Basílica Santa Maria del Pi** para disfrutar de una de las mejores vistas panorámicas del casco antiguo desde su enorme campanario de más de cincuenta metros de altura. Al bajar, puedes cenar en alguno de los restaurantes de la zona. Los hay a decenas. Mi favorito es siempre el histórico Els Quatre Gats, todo un icono de Barcelona. Por lo tanto, si vas, ¡que te aproveche!

Broncéate sin salir de la ciudad

¿Ves lo que te decía del mar que tanto se echa de menos en Madrid? En Barcelona, con solo cruzar un par de calles, ya tienes los pies en la arena. En el antiguo **barrio industrial de Poblenou**, abierto al mar tras la celebración de los juegos Olímpicos, puedes disfrutar de buenas playas como la del Bogatell, Nova Icària y Mar Bella, además de pasear por la **Rambla del Poblenou**. Aquí se encuentra, además, el edificio de la **Torre Glòries**, que con sus ciento veinte metros de altura es el mirador más alto de la ciudad.

Yo me tumbé en **Nova Icaria**, con una toalla, un libro y muchas ganas de no hacer nada. El agua del Mediterráneo brillaba, los niños jugaban y el sonido de las olas marcaba el ritmo de mi respiración. Por la tarde, con mi amiga, caminamos por **Bogatell**, donde el ambiente es más tranquilo, más local. Paramos en un chiringuito, pedimos sangría, nos reímos de todo y miramos cómo el sol se escondía detrás de las torres del puerto.

Bailar en los sitios de moda

Opium

Cuando cae la noche, Barcelona se transforma. El **Puerto Olímpico** brilla con luces y música, los bares se llenan de risas y el aire huele a mar y mojito. Entramos en **Opium**, bailamos como si no existiera el mañana y acabamos descalzas en la arena, con los zapatos en la mano y la luna por testigo.

Al día siguiente decidimos cambiar de tercio. Nos fuimos a **Poble-sec**, donde los bares son más auténticos, con tapas, copas y flamenco en directo. Entre vinos, palmas y risas dos italianos nos sacaron a bailar. ¡Y lo peor es que lo hacían mucho mejor que nosotras!

Fue un desastre..., pero de esos que te hacen feliz.

Empápate de tradiciones

Barcelona es moderna, sí, pero también muy suya.

Tiene un puntito clásico, como de nostalgia de otro siglo. Yo lo percibí mientras subía a **Montjuïc**, desde el **teleférico de la Avinguda de Miramar**. Desde allí paseé por los Jardines del Mirador del Alcalde, que tienen una increíble panorámica de Barcelona, y subí hasta el Castell de Montjuïc, una antigua fortaleza con fantásticas vistas al Mediterrá-

neo y al puerto. Aún se puede pasear por las instalaciones deportivas construidas durante los Juegos Olímpicos de 1992 y terminar delante del Museu Nacional d'Art de Catalunya, que alberga una de las mayores colecciones de arte románico del mundo.

Mi amiga me contó que de pequeña había ido con sus padres al **Poble Espanyol**, y decidimos entrar. Calles que imitan pueblos de toda España, talleres de artesanía, música, color..., ¡una maravilla! Y al salir, decidimos prescindir del teleférico, disfrutamos de las vistas de Barcelona desde sus dos terrazas gratuitas y bajamos por las escaleras hasta la **Font Màgica de Montjuïc**, donde, como en una metáfora de la ciudad, cada noche tiene lugar un espectáculo de música, agua y luces. Y si aún te queda tiempo y ganas de caminar, acércate a Plaza de Espanya cruzando las dos torres venecianas y sube a la terraza del centro comercial Arenas, la antigua plaza de toros de la ciudad, para tener buenas vistas de esta zona de Barcelona.

Y si vienes en primavera, prepárate para las ***festes majors***: música, fuegos artificiales y los famosos ***castellers***, esas torres humanas que parecen imposibles. Mientras los veía, pensé: «Los catalanes no solo construyen edificios preciosos..., también construyen sueños».

Enamórate de un paisaje

Hay lugares que parecen hechos para enamorarse.

El **Park Güell**, con sus mosaicos de colores y su banco serpenteante, es uno de ellos. Declarado Patrimonio de la Humanidad y diseñado por Gaudí, es uno de los más bonitos del mundo y sorprende a los visitantes con su estética de palacio de hadas, con sus esculturas, fuentes y edificios inspirados en las formas onduladas de la naturaleza. Allí decidimos buscar la imagen más famosa del parque, la que se ha convertido en uno de los *souvenirs* típicos de Barcelona, y la encontramos: ¿será la **Escalinata del Dragón** el recuerdo de una era de fantasía en que eran ellos quienes dominaban la tierra?

Después, nos fuimos al **Tibidabo**, en la Sierra de Collserola, a más de quinientos metros de altura sobre la ciudad. Su parque de atracciones es el más antiguo de España y ofrece una combinación perfecta como el Avión, la Talaia o el Museo de los Autómatas, con otras más modernas como la Montaña Rusa. Después de descargar adrenalina puedes acercarte al Templo del Sagrado Corazón y subir a la décima planta de la Torre de Collserola para disfrutar de unas excelentes vistas de la ciudad. Desde allí, todo Barcelona se rendirá a tus pies. Si la calma tuviera forma de ciudad, tendría este aspecto.

Hacer una locura

No hay escapada completa sin una pequeña locura.

Así que convencí a mi amiga y el primer día nos fuimos al **Laberint d'Horta**, un **jardín neoclásico del siglo XVIII** que ha combinado de forma armoniosa la arquitectura y la naturaleza. En este espacio romántico se alza aún un laberinto hecho de cipreses recortados donde puedes perderte (literalmente hablando). Nosotras jugamos a buscarnos entre los setos, riéndonos como crías. Nos costó, no te creas, y eso que nos ayudó un grupo de coreanas que estaban haciéndose selfis.

Al día siguiente nos decantamos por visitar el **Port Vell**, con el Monumento a Colón, la brisa del mar y las luces reflejándose en el agua. Es la zona más antigua del Puerto de Barcelona. Recorrimos su animado paseo marítimo observando embarcaciones deportivas y yates de lujo, esperando a que nos invitaran a alguna fiesta improvisada a bordo. Como no sucedió, nos dimos un paseíto tranquilo en una de las clásicas *golondrinas* y al desembarcar, cruzamos la Rambla del Mar para tomar algo en los restaurantes con vistas del Maremágnum. Compramos un helado y nos quedamos allí, mirando cómo los barcos se mecían suavemente con las olas. Un precio muy pequeño por el privilegio de sentir que la ciudad estaba hecha solo para nosotras.

Emborráchate de arquitectura

Gaudí en Barcelona merece un capítulo aparte. Y, dentro de él, un sitio de excepción para la que posiblemente sea la obra inacabada más bella y famosa del mundo, la **Sagrada Familia.**

La construcción de este templo comenzó en 1883 y estuvo veintitrés años bajo la dirección de obras de Gaudí. Al insigne arquitecto le atropelló un tranvía antes de concluirla, pero se cuenta que —en previsión por si le sucedía algo— había dejado planos detallados para que sus sucesores pudieran acabarla. Su estilo naturalista, en el que las formas redondeadas predominan transmitiendo la sensación de movimiento, no tiene parangón en ninguna otra parte del mundo. Los entendidos cuentan que las torres que culminarán la obra llegarán a alcanzar ciento setenta y dos metros cuando se concluyan —previsiblemente en el año 2026—, lo que convertirá a este edificio en el templo católico más alto del mundo.

Pero al tiempo que la Sagrada Familia se alzaba, Gaudí sembró Barcelona de edificios modernistas en los que las líneas onduladas son casi siempre las grandes protagonistas, como si las paredes se movieran al ritmo de las olas. Descubre el **Palau Güell**, la **Casa Milà** o la **Casa Batlló**. Pero haz como con los hombres; no te quedes solo con la fachada y déjate cautivar por su interior. Recorre sus patios de luces y las azoteas erizadas con chimeneas que parecen castillos de arena y siente que vives en un auténtico cuento de hadas.

Las noches del Raval

El barrio del Raval, junto al Eixample y el Gótico, es una de las zonas con más encanto de Barcelona. Es dinámico, multicultural... y casi diría que está abierto las veinticuatro horas. Pero sobre todo tiene una extensa oferta cultural con galerías de arte y museos como el **MACBA** (Museo de Arte Contemporáneo de Barcelona) y el **CCCB** (el Centro de Cultura Contemporáneo de Barcelona). Sus tiendas de diseño, las cafeterías de moda y su colección de bares con sabores internacionales parecen diseñados para el disfrute.

Hay quien te dirá que es peligroso, sobre todo de noche, pero no dejes que eso te eche para atrás. Recórrelo de día y con sentido común si quieres, pero no dejes de probar sus sabores, de vibrar con su música, de adentrarte en las increíbles tiendas de la calle Tallers ni de fotografiarte en la Rambla del Raval junto al orondo gato de Botero, que como buen felino vagó por toda la ciudad durante dieciséis años hasta encontrar su sitio allí. Quiero pensar que será por algo.

DESTINO SOÑADO:
MARRAKECH

Plaza Jemaa el Fna, Marrakech

Hay viajes que no llegan para cambiarte la vida, sino para modificar tu perspectiva. Marrakech fue uno de esos. No era exactamente un destino deseado por mí, sino por toda mi tribu, y al decir tribu me refiero a mis primos, más o menos de mi misma edad, a mis tíos, hijos y a mi madre, que, cuando se trata de viajar, no se pierde una. Ellos pensaron que podría ser un destino divertido para vivirlo en familia y aunque a mí —lo reconozco— me preocupaba perderme en el zoco en el primer momento y no poder salir de allí jamás, y el hecho de no saber si iba a poder tomarme una coca cola de cuando en cuando, transigí. Porque amar también es ceder. Y porque sé que, cuando viajas con la tribu, la actitud es incluso más importante que el destino.

Aunque en esta ocasión debo confesar que el destino acompañó. Y mucho.

Las guerreras Maxwell

TO

LLEGAR fue infinitamente más fácil de lo que había supuesto en un principio. Sin visado, sin seguro de viaje obligatorio, sin esas cartillas de vacunaciones que te piden en cuanto cambias de continente... Nada. Un vuelo directo, dos horas de avión y ya está. Nos recibió un aeropuerto blanquísimo, que parecía la celosía de un palacio árabe, y en el control de pasaportes una colección de policías locales como recién salidos de un casting.

—*Welcome to Marrakech. Marhaba.*

Y yo, tan acostumbrada al mundo europeo de las prisas, las distancias de seguridad, la hipercorrección, el contacto físico justito y el no mirar directamente a los ojos porque es de mala educación, supe que acababa de llegar a otro mundo en las antípodas del mío. Un mundo donde se mira a los ojos y se habla en voz alta, un mundo ruidoso y alegre donde los hombres se toman de la mano, un mundo donde todo huele, suena, brilla y se mueve. Y entendí que esta ciudad —y quizá este país— no está concebida para pasar desapercibida.

Lo primero que me sorprendió gratamente fue el color. A Marrakech la llaman la ciudad roja y tiene sentido. La norma municipal obliga a construir siguiendo la línea armónica de la ciudad y aquí es el ocre gastado de la muralla el que marca el tono. Rosáceo a mediodía, casi dorado al atardecer, este muro de arcilla roja y adobe, de diez metros de altura y quince kilómetros de perímetro, rodea la medina, lo que nosotros definiríamos como casco histórico, como si fuese aún un recinto medieval. El paso —de personas, animales y vehículos— solo puede hacerse por una de sus diez puertas magníficamente decoradas. Nosotros entramos por Bab Agnau, junto al palacio real, que data exactamente del siglo XII. Atardecía. Y fue exactamente como entrar en un cuento de las mil y una noches.

Alójate en un palacio

No, no es una metáfora. Los *riads* son antiguos palacios salpicados por la medina y reconvertidos en alojamientos. Tienen pocas habitaciones en un par de pisos en torno a un patio lleno de plantas, en cuyo centro siempre hay una pequeña alberca o una fuente. Agua y vegetación remiten a la idea del paraíso y los *riads* —la palabra en árabe significa jardín— son exactamente eso, un trocito de paraíso en la tierra.

Dormir en un *riad* es entender Marrakech desde dentro. Sorprendentemente silenciosos, perdidos en las calles laberínticas de la medina, suelen ofrecer azoteas de ensueño, decoración antigua de mosaico y marquetería, estucado en colores cálidos, habitaciones a media luz —nunca iguales— y puertas decoradas que a veces no llevan a ninguna parte. Si no tienes cuidado, puedes llegar a perderte dentro de tu propio *riad*, lo que ya te adelanta lo que puede llegar a ocurrir en el zoco.

Son tan bellos y te proporcionan tanta paz que te advierto que los desayunos y los tés a la menta suelen alargarse en sus azoteas, a veces decoradas como jaimas, llenas de cojines y mesitas de forja, como si no hubiera toda una ciudad esperando ahí fuera.

Siente el latido de Jemaa el Fna

Jemaa el Fna no se visita, se sobrevive. Es el centro neurálgico de Marrakech, donde mueren o nacen todas las rutas de la medina. Su aspecto nunca es el mismo, cambia según las horas del día y al atardecer, pero allí se pueden encontrar dos centenares de puestecillos de comida ambulante que se integran en su interior para ofrecerte la experiencia culinaria más típica de Marrakech, a base de frituras, harira, pinchitos y

caracoles. En ella cruzan coches, esperan calesas y se mezclan locales y turistas con los sentidos embotados de tantos estímulos. Músicos, aguadores, encantadores de serpientes y cuentacuentos compiten por atraer la atención de la concurrencia. El sonido de la última llamada a la oración se mezcla con la humareda de sus puestos al atardecer, proporcionando imágenes imborrables.

El mejor lugar para presenciar esta transformación sin arriesgarte a que te sienten un mono en el hombro para hacerte una foto es alguno de los cafés de la plaza. En algunos, como el Glacier, ya te cobran solo por acceder a la azotea. Pero el Café de France continúa siendo todo un clásico. Otra posibilidad, por supuesto, es vivirlo desde dentro, como hicimos nosotros.

En uno de los espectáculos dos músicos tocaban en un círculo para tres bailarinas con velos rojos y ojos pícaros y delineados. Cuando una de ellas, voluptuosa y bella, se acercó al público, todos los hombres empezaron a retroceder entre risas, menos mi tío, que debió decidir que había que dejar el pabellón nacional bien alto.

—Voy, bonita, que yo bailo contigo.

Cuando se adelantó hasta ella, que le sacaba una cabeza, la bailarina, elegante y sensual, se descubrió el velo para mostrar el rostro de un hombre con toda la barba. Literalmente. Eso sí, con los labios pintados de rojo pasión. Mi tío trastabilló y casi se cae de espaldas de la sorpresa, pero segundos después bailó divertido y lo disfrutó. Creo poder afirmar que las risas se escucharon en toda la plaza.

Las nuestras incluidas.

Piérdete en un zoco medieval

Perderse, regatear, comprar o incluso enfadarse un poco, son algunas de las premisas que tienes que tener claras antes de adentrarte en el **zoco**, un laberinto de callejuelas llenas de tiendas no apto para personas hipersensibles a los estímulos. Farolillos de metal, babuchas, chilabas, alfombras, juegos de té... Todo nos gustaba y el mapa que habíamos cogido en el *riad* dejó de ser funcional en el tercer recodo. ¡Menudo desmadre llevábamos!

Descubrimos que había un orden dentro de lo que parecía el caos y fuimos recorriendo cada uno de los gremios: el zoco de los tintoreros, con su lana de colores secada al sol, el de los caldereros, llamado Zoco Es-Seffarine, o el Nejjarine, el de los carpinteros. Para cuando llegamos a la multicolor **Plaza de las Especias** (Rahba Kedima), un niño me tiraba de la camiseta con insistencia. Le dije que no le iba a dar dinero, pero él insistió desazonado.

—No dinero. Ven. Tu perdido una amiga.

¿Una amiga? Algo en su mirada me dijo que no era un reclamo para llevarme a ninguna tienda. Miré a mi alrededor y conté: uno, dos, tres, cuatro...

—¡Ay, mi madre!

Efectivamente, habíamos perdido a mi madre. Pero ¿cómo? Con el corazón a mil, sin *roaming* activado ni tarjeta de datos locales, no había mucho más qué hacer, así que seguimos toda la tribu a aquel chaval, deshaciendo el trazado que habíamos hecho a la ida. No recordaba que hubiéramos caminado tanto, ni de qué manera la habían relacionado conmigo ni cuánto tiempo —y cuánta gente— habían empleado para buscarnos, pero la encontramos sentada a la puerta de una tienda, tomándose un té a la menta y chapurreando felizmente con el tendero. ¡Menuda es doña Carmen! Había aprovechado para comprarse unas babuchas amarillas que le habían hecho tilín y su espontáneo anfitrión la trataba como a una reina. Realmente, como la reina que es.

—¿Ah, ya estáis aquí? —nos preguntó con cierta desgana.

—¡Mamá! ¡No sabíamos que te habías perdido!

El comerciante de babuchas me miró con una mirada sabia. Y entendí que el zoco no es solo un mercado laberíntico, sino la comunidad viva de personas que lo habitan y lo trabajan. Y que hace algo que en Europa parecemos haber perdido: observar, conectar. Y cuidar.

—Tranquila, señora. En el zoco solo se pierde quien quiere.

Descubre la calma tras los muros

La Medina, que es una ciudad medieval transportada al presente, es mucho más que el laberinto de sus zocos. Y descubrirlo es una tarea preciosa. El **Palacio de la Bahía**, con sus ocho hectáreas de elegancia decadente y el patio que albergaba el harén, nos dejó sin palabras. La **Madrasa de Ben Youssef**, la escuela musulmana más grande de Marruecos, que data del siglo XIV, te enamora cuando descubres sus detalles labrados en cedro, estuco y mármol. En el momento de su máximo esplendor, hasta ochocientos internos estudiaban el Corán en sus ciento treinta celdas. Muy cerca, la **Qubba almorávide**, de principios del siglo XII, donde se depositaba el agua que venía canalizada desde el Atlas a más de cuarenta kilómetros de la ciudad.

Pero lo que más nos impresionó fue la **Koutoubia**, la llamada «mezquita de los libreros», por la gran biblioteca y los puestos de manuscritos que la rodeaban. Construida en el año 1158, los sesenta y seis metros de altura de su minarete la convirtieron en su momento en una de las más altas del mundo musulmán. Es sorprendente su parecido con la Giralda de Sevilla, algo que, pese a los casi mil kilómetros que las sepa-

ran, se explica, pues las dos fueron construidas, la Koutobia primero y la Giralda después, bajo el mismo califa almohade. Las calesas a la puerta nos dan la sensación de estar en casa.

Ya nos habían contado que, a diferencia de otros lugares, en Marruecos no se puede entrar en las mezquitas. Son lugares de culto que no están abiertos al turismo. Pese a todo, mi tía se dirigió muy decidida al interior y una mujer local la frenó. Se dirigió a ella primero en francés, y cuando se dio cuenta de que no la entendíamos, en español.

—Disculpe, es que no se puede entrar si no es usted creyente.

—Hombre —le respondió mi tía, tan digna como si estuviéramos en El Pilar—, ¿qué se cree usted? ¡Pues claro que somos creyentes!

Aún sigue sin explicarse por qué nos reímos tanto.

Persigue el rastro de la memoria

Al principio nos sorprendió saber que Marrakech tenía un barrio judío. **La Mellah**, le llaman. Es la misma palabra en árabe para «sal», porque hace siglos los judíos comerciaban con ella, ya que tenía un valor tan alto como el oro. La Mellah en Marrakech existe desde el siglo XVI, creada con la expulsión de muchos hebreos de la península ibérica que ordenaron los reyes de España y Portugal. Aunque ahora su presencia es mínima, aún conserva la sinagoga **Al Azama**, que, junto al cementerio judío, son dos de sus principales atractivos.

Aquí está el mercado de las especias, un espectáculo para los sentidos. Montañas de comino, cúrcuma, canela, jengibre. Colores tan intensos que parecen inventados. Cada vendedor te explica para qué sirve cada cosa: para dormir mejor, para el mal de ojo, para el amor... Existe incluso la viagra bereber. Nos reímos mientras a nuestro alrededor el barrio se transformaba. Aquí las calles son más abiertas con ventanas y balcones y un tráfico que es imposible en las callejuelas interiores. En casi toda la medina unas calles albergan tiendas y otras son residenciales, pero en este lugar, como en Europa, las tiendas son locales encima de los cuales hay viviendas. Un comerciante judío, de los pocos que quedan, me lo aclara con una sonrisa socarrona.

—Los judíos siempre hemos sido desconfiados. Hicimos casas arriba para no dejar de vigilar la tienda.

Desafía el miedo al contacto físico

Los puestecitos de la plaza de Jemaa el Fna compiten por ti como si fueras un trofeo. Te atraen con frases entresacadas de series españolas y en cuanto entablas contacto visual estás perdida. Te cogen del brazo, te sientan, te levantan, te ofrecen menú en cinco idiomas y cervezas inexistentes. Se ofenden porque has mirado al del puesto de al lado, como un novio celoso. Discuten entre ellos. Mis tíos no sabían dónde mirar. Mis primos negociaban. Yo me reía solo con verlos.

Mi madre se apartó, un poco dispuesta a sentarse donde le dijéramos mientras se lo dieran todo hecho. Un hombre se le acercó amablemente.

—Señora guapa, ¿quiere foto con boa?

Ante mi incredulidad, mi madre accedió enseguida y posó para nuestras cámaras mientras le ponían la boa en el cuello. Una de verdad, no de plumas, como ella pensaba. Solo reaccionó cuando notó aquel tacto frío y áspero en el cuello.

—¿Pero esto se mueve? —preguntó tarde.

Y sí. Se movía. La foto que le hicieron con su cara de horror ¡es para enmarcar!

Si no te gusta que te rocen, igual este no es tu destiño soñado.

Ejercita la paciencia (y el criterio)

Marrakech está tan de moda que hay un turismo casi exagerado ya. Evita el verano por las temperaturas altísimas, pero también la Navidad, la Semana Santa o los puentes, porque los españoles nos plantamos allí en cuanto hay una fiesta de guardar. Y claro, todos nos encontramos en los mismos sitios.

Encontrar las **Tumbas Saadíes** en el barrio de Kasbah es tan complicado que no nos extraña que estas tumbas, que datan del siglo XVI, no se descubrieran hasta el año 1917. Para entrar en ellas hay que recorrer un pasillo, situado en el lado derecho de la mezquita Moulay al-Yazid. Allí se encuentra la Sala de las Doce Columnas, que sostienen una impresionante cúpula de madera de cedro. La Sala de los Tres Nichos y la del Mirhab, al lado, son más pequeñas y menos decoradas. En todas descansan miembros de la Dinastía Saadí. Para poder observarlas apenas unos segundos hay que hacer una cola inmensa, de uno en uno, y sin embargo merece la pena. En un momento determinado, mi prima decidió salirse de la fila y deambular por el jardín. Cuando nos fuimos me di cuenta de que ni siquiera se había acercado al mausoleo.

—¿No has visto las tumbas después de esperar tanto?

—Claro que las he visto, y mucho más tranquila —me dijo—, pero las del jardín, las de los sirvientes y esclavos. He contado unas cien, pero como no son espectaculares no las mira nadie.

Y creo que tenía razón. Que a veces nos empeñamos en ver todos lo mismo cuando la realidad tiene muchas miradas.

Cuídate como si fueras una reina

El ***hammam*** fue una experiencia inolvidable. Estos tradicionales baños árabes, que tienen su origen en las termas romanas, sí que están abiertos a todo tipo de públicos, incluidos los turistas. Los más populares se dividen por horas o días, según el género, e implica llevarte todos los productos necesarios contigo. En los más turísticos, la experiencia es la misma, pero allí te proporcionan todos los productos que puedes necesitar, además de la gente que se encarga del baño: una persona que te restriega como te restregaba tu madre cuando eras pequeña y —si lo decides así— te da un masaje para finalizar.

Nosotras disfrutamos como reinas. Vapor con eucalipto para abrir los poros, jabón negro y *gommage* para retirar las células muertas y masaje con aceite de argán. Yo cerré los ojos y soñé que esa noche el mismísimo sultán, un madurito de muy buen ver con barbita arregladita y ojos de puro hechizo, como salido de un culebrón turco, me esperaba en mi habitación del *riad*. ¡Pedazo de sueño me pegué!

Mi tío salió despotricando, entre las risas de mis primos. Había tenido que parar la sesión de limpieza y, por supuesto, no había llegado al masaje. El hecho de que un hombre joven, vestido solo con un lienzo blanco, le toqueteara no le había hecho ni la más mínima gracia. Estaba convencido de que en Marrakech se movían códigos que él no controlaba y estaba mandando señales equívocas a todos los varones de la ciudad. Lo que nos pudimos reír con mi tío.

Aprende dónde (y cómo) beber

Tardamos en entender que, pese a que Marruecos es productor de vino y cerveza, aquí el alcohol no se busca como en casa. Después de mendigarlo clandestinamente por varias terrazas, como si buscáramos droga, entendimos que solo se sirve en determinados lugares, con licencia y nunca a la vista de todos. Puede ser en la azotea de algún restaurante o *riad* y siempre a precios disuasorios.

Aun así, cuando por fin brindamos con una sorprendentemente buena cerveza local, la Casablanca, fue como una pequeña victoria.

—Esto sabe aún mejor por lo que ha costado— dijo uno de mis primos, alzando la copa.

Y doy fe de que costó.

Marrakech, lo reconozco, me liberó de prejuicios y alentó aún más mi curiosidad innata por descubrir. Probé las brochetas del **Café de la Kasbah**, los *mezze* del **Cosy Bar**, la *pastella* en **Le Café Arabe**, y el *tagine* en **Nomad**. Comer en Marrakech es compartir platos. Probar de todo. Mojar pan como si los carbohidratos fueran tus mejores amigos. Y reír mucho.

Y sí, por si te lo estabas preguntando, toda la familia nos colamos de pleno la última noche en **La Mamunia** para tomar una copa y jugar a que estábamos en un palacio árabe. Conserjes uniformados con capas, jardines iluminados, música suave, elegancia... Brindamos. Por el viaje. Por estar allí juntos. Por poder seguir haciéndolo.

Marrakech se te queda en la ropa, como el humo de la plaza y el olor de las especias; se te queda en la memoria y en el cuerpo. Volvimos a España con mil remedios naturales, *henna* pintada en las manos, música en la cabeza, las defensas bajadas y la certeza de haber compartido algo importante.

Porque viajar así, en tribu, es un regalo.

Y Marrakech... Marrakech te toma, te mezcla y te bate, como un cóctel. Y por eso te devuelve más viva. Más despierta. Más tolerante. Y quizá más sabia.

Essaouira, cuando el mar te baja las revoluciones

Después del rojo, del humo, del ruido y del exceso delicioso de Marrakech, hicimos lo más sensato que se puede hacer en Marruecos cuando hace calor: ir a ver el mar.

La excursión a **Essaouira** empieza temprano, con carretera, cafés apresurados y esa sensación de escapada que siempre me ha gustado. Éramos tantos que fletamos una excursión propia con chófer. Desde las ventanillas, el paisaje va cambiando poco a poco. Aparecen los arganes, las cabras subidas a los árboles como si fuera lo más normal del mundo y, sin darte cuenta, el aire se vuelve distinto. Más fresco. Más limpio. Más salado.

—El mar ya se nota —dijo mi madre, sacando la cabeza por la ventanilla como una niña pequeña.

Y era verdad.

Essaouira acaricia. Es blanca, azul, tranquila. Tiene una luz distinta, como si alguien la hubiera regulado desde que salimos de Marrakech. Aquí el tiempo se mueve al ritmo del océano. La medina es pequeña, amable, fácil de recorrer, invitadora. Hay puertas azules, paredes encaladas, gaviotas que parecen tener conversación propia y ese sonido constante del mar chocando contra las murallas.

Caminamos sin prisa por una ciudad que parece hecha para respirar. Los artesanos trabajan la madera de tuya, las galerías de arte se mezclan con tiendas sencillas y todo tiene una belleza serena y atemporal, como las grandes damas. Nada intenta impresionarte. Y quizá por eso lo consigue.

Luego está el puerto. Barcas azules alineadas, redes, hombres remendando con calma infinita y ese olor a pescado fresco que no molesta, porque aquí todo es auténtico. Nos quedamos un buen rato mirando el ir y venir, y nos hicimos mil fotos. Porque en mi familia somos de hacernos muchas fotos.

El océano Atlántico se impone. Salvaje, ventoso, poderoso. No es un mar de postal tranquila. Es un mar que te recuerda que estás viva, como él. El viento despeina, la luz lo inunda todo y una siente ganas de quitarse capas, las que se ven y las que no.

—Aquí podría quedarme a vivir —dijo una de mis tías.

—Pero con calefacción —añadió mi madre.

Y entonces llegó el momento *friki confesable* del día. Porque sí, Essaouira fue Astapor en *Juego de Tronos*. Y pasear por las murallas, por la Skala, imaginando dragones, ejércitos y a Daenerys caminando con paso firme, tiene algo de mágico y absurdo a la vez.

—¿Tú te imaginas dragones aquí? —me preguntó mi primo.

—Yo de momento me imagino quedándome a comer —respondí yo, muy en mi papel.

Comimos frente al mar. Pescado a la parrilla, sencillo, perfecto. Vino blanco frío (sí, aquí también se puede, y se agradece). El viento, el sol, las risas. Esa felicidad tranquila que no necesita fuegos artificiales. Y antes de volver dimos un último paseo, compramos alguna tontería y nos sentamos a mirar el horizonte. Dejamos que Essaouira hiciera su trabajo: bajarnos las pulsaciones.

—Esto podría ser Cádiz —advirtió mi prima, sorprendida. O quizá no tanto.

El regreso a Marrakech fue silencioso, quizá pensando en esa historia compartida. Todos mirábamos por la ventana, cada uno en su pensamiento. Y yo llevaba esa sensación tan rara y tan bonita que te dejan los lugares que no sabías que te esperaban.

Un oasis dentro de otro oasis

Marrakech es un oasis, sí, nació como la parada necesaria en un palmeral inmenso hace mil años, en la ruta de las caravanas. Pero incluso dentro de un oasis hace falta, de vez en cuando, otro oasis más pequeño donde bajar el pulso, sentarse a la sombra y volver a escucharse.

Y eso, ahora, lo hacen sus jardines.

El primero que visitamos fue **El Jardín Secreto**, en plena medina. Entrar allí es como cerrar una puerta invisible al ruido. De repente el murmullo se apaga, el aire se vuelve más fresco y el agua empieza a marcar el ritmo. Fuentes, geometría, plantas cuidadas al milímetro. Todo pensado para el descanso del cuerpo y de la mente. No es barato, no. Pero pagas silencio. Y en una ciudad como Marrakech, eso tiene un valor incalculable.

Mi madre se sentó un rato a la sombra. Mis tíos respiraban profundo. Y yo pensaba que aquel jardín no estaba hecho para exhibirse, sino para recogerse. Para recordar que el lujo, a veces, es simplemente no tener prisa.

Luego vinieron los **Jardines Majorelle**, y ahí la experiencia cambia. Azul intenso. Azul que no se olvida y que lleva ya el nombre del lugar que lo alberga. Palmeras, cactus, bambúes, estanques y gente. Mucha gente. Turistas, cámaras, miradas rápidas. Majorelle es precioso, sí, pero también es escenario. Es arte, es la historia de sus dueños, Majorelle e Yves Saint Laurent, y es también una coreografía constante de visitantes buscando la foto perfecta.

Comentamos el precio, claro. Comentamos la cola, pese a que hay que entrar con reserva previa. Pero también entendimos que hay lugares que inspiran, aunque estén llenos. El color, la armonía, la mezcla vegetal... Majorelle no te invita a quedarte en silencio, te invita a mirar, a admirar, a dejarte deslumbrar. Y eso, mientras lo sepas, también está bien.

El tercero fue **La Menara**, y con él llegó la calma definitiva. La de verdad. Abierto, amplio, con el estanque reflejando el Atlas al fondo y la torre de la menara rompiendo la uniformidad del olivar, acompañada por las montañas. Aquí no hay entradas caras ni control excesivo. Hay familias paseando, niños corriendo, grupos de amigos haciendo pícnics, parejas sentadas mirando el agua... La Menara no presume de nada; simplemente acompaña.

Nos sentamos sin hacer nada. Dejamos pasar el tiempo. Y entendimos que este jardín no busca impresionar, sino permanecer. Ser parte de la vida cotidiana. Estar ahí para quien lo necesite.

Tres jardines. Tres formas de entender la belleza. Y los tres, enlazados, contaban una misma historia: la importancia ancestral del agua y la vegetación en una cultura que viene del desierto; la necesidad de que incluso en una ciudad intensa y vibrante como Marrakech, siempre haya un lugar donde el agua suene más alto que el ruido.

APASIONARSE EN VERANO

FINDE CON AMIGAS EN
EDIMBURGO

Royal Mile, Edimburgo

Edimburgo es una de las ciudades más especiales de Europa, porque cuando llegas a ella es como hacer un viaje en el tiempo. Su historia apasionante, su paisaje lleno de encanto y ese ambiente único hacen que sea muy fácil enamorarse de ella. Incluso de alguno de sus habitantes ;). A mí me pasó la primera vez que la visité —lo de enamorarme de la ciudad, quiero decir— y desde entonces siempre he encontrado una excusa para volver, preferiblemente con mis amigas. Y mucho mejor aún si la escapadita es en verano, cuando sale el sol, las lluvias dan un poco de tregua, los días son eternos y las noches de marcha casi demasiado cortas. ¿Sabéis cómo disfruta del sol esta tierra acostumbrada a las brumas?

LAS GUERRERAS MAXWELL

TO

PUES os lo voy a decir yo: como si no hubiera un mañana. Así que animaos a disfrutar de una escapada veraniega. Id preparando el equipaje y no olvidéis calzado cómodo, paraguas y muchas ganas de reír. Edimburgo tiene ese encanto que mezcla historia, misterio, romanticismo y picardía... Al fin y al cabo, es como nosotras, ¿o no?

Para que os vayáis ubicando espacialmente, os contaré que la ciudad está dividida en dos zonas: **la Old Town**, con su trazado medieval, sus callejones y ese aire misterioso que la hace tan única, y la **New Town**, planificada en el siglo XVIII, que muestra la elegancia de la arquitectura georgiana. Pero lo mejor es su vida cultural, la de ambas «towns»: museos gratuitos, cafeterías con historia y festivales que llenan las calles de música y arte durante todo el año.

Llegar a la ciudad desde el aeropuerto es muy fácil. El tranvía salva en apenas treinta y cinco minutos los doce kilómetros que lo separan del centro; casi el mismo tiempo que emplea el bus *Airlink* 100, que está operativo las veinticuatro horas. Para moverse en la capital podemos optar por los autobuses urbanos de Lothian Buses, que la cubren casi por completo y ofrecen servicio hasta altas horas de la noche, o coger un taxi cuando nos alcance la madrugada, chicas, que un día es un día. Durante las horas de luz, la mejor opción para pasearla sin prisas es la bici, que puede alquilarse fácilmente en casi cualquier lugar. Y si tienes una amiga un poco más torpe en el mundo de la movilidad sobre ruedas o lo eres tú misma (yo lo soy), siempre puedes optar por ir a pie. Los principales lugares turísticos están a poca distancia entre sí y pasear por la Royal Mile, Grassmarket o Dean Village es una de las mejores formas de descubrir el ambiente de la ciudad.

Y una vez situada espacialmente, ¿quieres saber la de cosas que puedes hacer en Edimburgo?

Volver al medievo

Nada más poner un pie en tierra te darás cuenta de una cosa: en esta ciudad el pasado te guiña un ojo desde cada esquina. Así que si quieres hacer un auténtico viaje en el tiempo, yo te recomendaría empezar por un asalto al castillo, pisando fuerte.

Old Town

New Town

El **Castillo de Edimburgo** es la fortaleza más famosa de Escocia, el alma de la ciudad, y se alza sobre la colina de Castle Rock, un antiguo volcán extinto que domina todo el lugar con unas vistas del casco antiguo y de la New Town que te dejarán sin aliento (como algun escocés con falda que igual te cruzas por ahí). Te sugiero contratar una visita guiada porque la historia del castillo se remonta a más de mil años atrás y merece la pena recorrerlos. Fue residencia real, prisión, arsenal militar y escenario de batallas decisivas. Y por supuesto, y esto cómo no lo voy a decir, también ha aparecido como escenario en algunas de mis novelas. En su interior se pueden visitar los Apartamentos Reales, donde nació el rey Jacobo VI (no muy agraciado, por cierto), las joyas de la Corona escocesa (una pasada) y la famosa Piedra del Destino, utilizada durante siglos para la coronación de los monarcas. Merece la pena ver el cañón Mons Meg, del siglo XV, y asistir al disparo del *One O'Clock Gun*, una tradición que se mantiene cada día a la una en punto de la tarde y que es muy curiosa de ver. Un arranque espectacular para comenzar a situarte en la ciudad.

La bajada del castillo hay que hacerla por la **Royal Mile**, con su kit completo de tiendas, donde te volverás loca viendo peluches de vacas peludas, entre otras cosas, gaiteros que interpretarán la tan famosa cancioncita de la serie *Oulander* (iaissss, Jamie Fraser de mi vida!), *pubs* donde te podrás tomar unas increíbles pintas y un aire medieval que hará que te sientas en una novela romántica con *highlander* incluido (bueno, lo del *highlander*, si lo encontráis, apuntad la dirección y me la dáis para la siguiente vez que regrese a Escocia). Este tramo de aproximadamente dos kilómetros está lleno de encanto, vida e historia. Durante el recorrido encontraréis los famosos *closes*, estrechos callejones que se abren a patios escondidos y escaleras secretas, cada uno con su propia historia y leyenda urbana (algunas dan hasta miedito). Muchos de esos sitios aún conservan la sombría atmósfera de siglos pasados y otros se han reciclado en cafés, galerías de arte, restaurantes y tiendas de artesanía. No te sorprendas si en algún momento te cruzas con etéreas princesas medievales y fornidos caballeros pertrechados como para ir a la guerra. Son actores que recrean escenas históricas, añadiendo un toque único y mágico a tu paseo. O quizá es que realmente has viajado a algún otro siglo... ¿Te imaginas?

El **Old College**, que alberga la Universidad de Edimburgo, podría ser la siguiente etapa de vuestro recorrido. Fundada en 1582, es una de las más antiguas y prestigiosas del mundo anglosajón, y su campus refleja siglos de historia académica y arquitectónica. Fue diseñado por el arquitecto Robert Adam y completado a finales del siglo XIX, con su imponente fachada neoclásica y su famoso patio central por el que vagó nada más y nada menos que Sir Arthur Conan Doyle, el creador de Sherlock Holmes. Y si te apetece algo más ligerito, el National Museum of Scotland también te propone un viaje por el tiempo y la historia del país, desde los dinosaurios hasta la moda y cultura pop de nuestro tiempo. ¡Además de ser muy entretenido, es completamente gratuito! Y oye..., eso lo hace muuuuuy interesante.

Sentirse reina

Y si tú y tus amigas camináis por la Royal Mile como si llevarais corona y espada, porque, vamos a ser sinceras, no os merecéis menos, no dejéis de adentraros en el **Palace of Holyroodhouse**, el lugar en que acaba la calle. Holyrood es la residencia oficial del rey en Escocia y un lugar absolutamente impregnado de historia. Ha sido escenario de ceremonias reales, salseos amorosos, intrigas políticas y de muchos de los eventos que han marcado la historia del país. Entre sus espacios más destacados se encuentran los Apartamentos Reales y las ruinas de la Abadía de Holyrood, donde aún parecen habitar los monjes de siglos pasados.

Si os gusta el momento *lady* o, mejor dicho, ¡guerrera!, acercaos a tomar un *afternoon tea* en **The Dome**. Sus pastelitos, sus exquisitas tazas de porcelana y todo su entorno parecen gritar: «Aquí solo entran auténticas divas guerreras». Para cenar, **The Witchery by the Castle** es el más famoso —y bueno, quizá también el más caro— de los restaurantes de Edimburgo. Sus platos llegados de otro tiempo, su atmósfera gótica, su iluminación a base de velas, su jardín secreto y su aire de romanticismo harán que hasta la soltera más vocacional del grupo suspire por un *highlander* recién llegado de las Tierras Altas. Al menos, para un rato o lo que se tercie. Que, chicas, ¡nunca se sabe!

Boby, el perro más fiel

Presumir de valientes

Si sois de las que no se achantan ante fantasmas, leyendas o escalones empinados, tenéis que internaros, sí o sí, en los ***closes***; ya sabéis, esos túneles oscuros, secretos y antiguos que se abren en la Royal Mile (son una pasada, ya me diréis). Están justo al lado de la Catedral de St. Giles, y componen un laberinto de calles que quedaron ocultas y olvidadas durante siglos, hasta que fueron redescubiertas y abiertas al público en 2003. Aún se pueden ver restos de casas, tiendas y patios donde vivían comerciantes, artesanos y familias enteras, y escuchar las historias de la peste, las conspiraciones, los amoríos y las leyendas urbanas que aún flotan en el aire. Es un recorrido subterráneo lleno de misterios y fantasmas que os recomiendo hacer en compañía de un guía. Os lo hará mucho más ameno y lo salpicará de ese humor escocés tan peculiar. Y ya si os toca un guía con acentazo y sonrisa de..., ya sabéis, ¡mejor que mejor!

Y por supuesto, si sois de las que opinan que los cementerios son de los lugares más románticos del mundo, no podéis dejar pasar **Greyfriars Kirkyard**, un cementerio precioso y lleno de historia con nombres que inspiraron a algunos de los personajes de *Harry Potter.* ¿Quién sabe si el espíritu de alguno de ellos no seguirá atrapado por allí? Ay, amigas, la frontera entre la ficción y la realidad es muy difusa. Os lo digo yo, que lo sé de buena tinta.

Regalarte un capricho

Entre historia, sorbitos de té y chupitos de whisky, también hay que darle un caprichito de cuando en cuando al cuerpo. Y para eso nada mejor que **Victoria Street**, una de las calles más pintorescas de la ciudad, con fachadas curvas, coloridas boutiques y tonos vivísimos que le dan un aire de cuento. Probablemente sea la calle más fotogénica de Edimburgo. Mis amigas y yo cada vez que vamos nos hacemos fotos. ¡No falla! Y de hecho, se afirma que inspiró el Callejón Diagon en la saga de *Harry Potter*, hasta tal punto que muchos fans de la serie se emocionan al llegar aquí. El lugar alberga tiendas independientes muy originales: librerías, tiendas de artesanía local, boutiques de *souvenirs* y productos típicos escoceses. No sé si es o no una calle mágica, pero os aseguro que lo parece y que es inolvidable. ¡No os la perdáis!

La zona del **Grassmarket** también es muy interesante. Se trata de una plaza histórica que durante siglos fue el corazón de Edimburgo. Sus edificios tradicionales de piedra, sus *pubs* antiguos y la vista del Castillo de Edimburgo al fondo crean una atmósfera única. En la Edad Media era un mercado de ganado y también el escenario de terribles ejecuciones públicas. De hecho, el lugar donde se encontraba el pa-

tíbulo lo encontrarás marcado con una cruz. Hoy, sin embargo, es un lugar animado, lleno de bares con terraza, restaurantes, tiendas y cerveza artesanal en *pubs* con música en vivo y una decoración que parece no haber cambiado en los últimos siglos. Como curiosidad os contaré que allí hay un *pub* llamado White Hart Inn, que lleva abierto desde 1516 y está considerado el más antiguo de la ciudad. Y tambien otro llamado The Last Drop (la última gota) que, según me cotillearon, era al que llevaban a los que iban a morir en el patíbulo antes de cortarles la cabeza, para que se tomaran su última copa. Vamos, ¡que les engrasaban la garganta!

Relajarte

Después de tanta emoción, toca respirar y mimarse un poquito. Si queréis desconectar y pasear tranquilas, el **Real Jardín Botánico** es un auténtico regalo a la vista y a los sentidos. Fundado en 1670, ha crecido hasta convertirse en uno de los jardines botánicos más importantes de Reino Unido, con invernaderos históricos, jardines temáticos y espacios para disfrutar de la naturaleza en cualquier época del año, además de ofrecer unas vistas impresionantes de Edimburgo y sus colinas cercanas. Flores, paz y ese aroma a tierra mojada y pastos que siempre te hace suspirar. Ideal para la mañana y la resaca, sobre todo después de una noche de juerga.

Dentro del bullicioso recorrido por la Royal Mile, buscad un momento para deteneros en la **Catedral de St. Giles**, una de las joyas del gótico escocés. Su imponente torre coronada domina el perfil de la ciudad y es visible desde varios puntos del casco antiguo. Su interior sorprende por sus vidrieras coloridas, su gran órgano y los distintos coros tallados en madera, cada uno con siglos de historia. Es un lugar lleno de calma y silencio en el que se puede apreciar tanto la arquitectura como la relevancia religiosa e histórica de Edimburgo.

En la frontera invisible entre la Old Town y la New Town merece la pena dar un paseo por los **Princess Street Gardens**. Estos jardines, situados en el valle que separa las dos partes de la ciudad, ofrecen un respiro verde en medio del bullicio y unas vistas espectaculares del Castillo de Edimburgo desde la distancia. Se crearon en el siglo XIX, en el antiguo lecho del Nor' Loch, un lago que se utilizaba como defensa natural frente a los ataques hacia la Old Town. Cuando se drenó el lago, se transformó en un espacio público que conecta la ciudad histórica con la nueva, convirtiéndose en el pulmón verde de Edimburgo. Si vais, sentáos en uno de sus bancos y simplemente disfrutad del momento. Merece la pena. ¡Estáis en Edimburgo!

El **Dean Village**, a orillas del río Leith, es también un rincón de cuento para pasear sin prisa. Este antiguo barrio de molineros conserva calles adoquinadas —así que no vayáis con tacones—, casas de piedra, un riachuelo y ese silencio que invita a sacar fotones y respirar un poco entre tanto fantasma, tanto *pub* y tanto whisky.

Todavía se pueden ver los restos de los antiguos molinos y canales que transportaban el agua necesaria para la industria de la molienda y deleitarse en la contemplación de puentes pintorescos, pequeñas cascadas y rincones verdes lejos del bullicio del centro. Ideal para vuestro momento «influencers viajeras».

Vivir una noche loca

Un finde con amigas sin una noche —o dos o tres— de desmelene... ¡no es finde! Lo más local es acercarse al Grassmarket y apuntarse a una ronda de *pub* en *pub* haciendo amigas y amigos locales. Podéis hacerlo a vuestro ritmo o uniros a un ***Pub Crawl*** guiado. Los hay temáticos de todo tipo, incluso de fantasmas. Si os apetece algo más especial, podéis optar por el **Panda & Sons**, un *speakeasy* escondido tras una falsa barbería, con un ambiente tan divertido que seguro que cerráis la noche allí (ainsss, ¡qué recuerdos!). Los cócteles son una locura creativa: ahumados, con espuma, con historia y, venga, va..., algunos sin alcohol. ¡Y con camareros que saben flirtear lo justo! Una opción algo más sofisticada es **The Jazz Bar**, con música en directo, ambiente cálido y ¿quién sabe? Quizá algún escocés interesante que os invite a una copa. ¡O le invitáis vosotras, que estamos en el siglo XXI, por favorrrrr! Y si os quedan fuerzas para continuar la noche, rematad en **The Three Sisters**, donde la fiesta se alarga hasta tarde y hay una preciosa terraza para bailar bajo las estrellas.

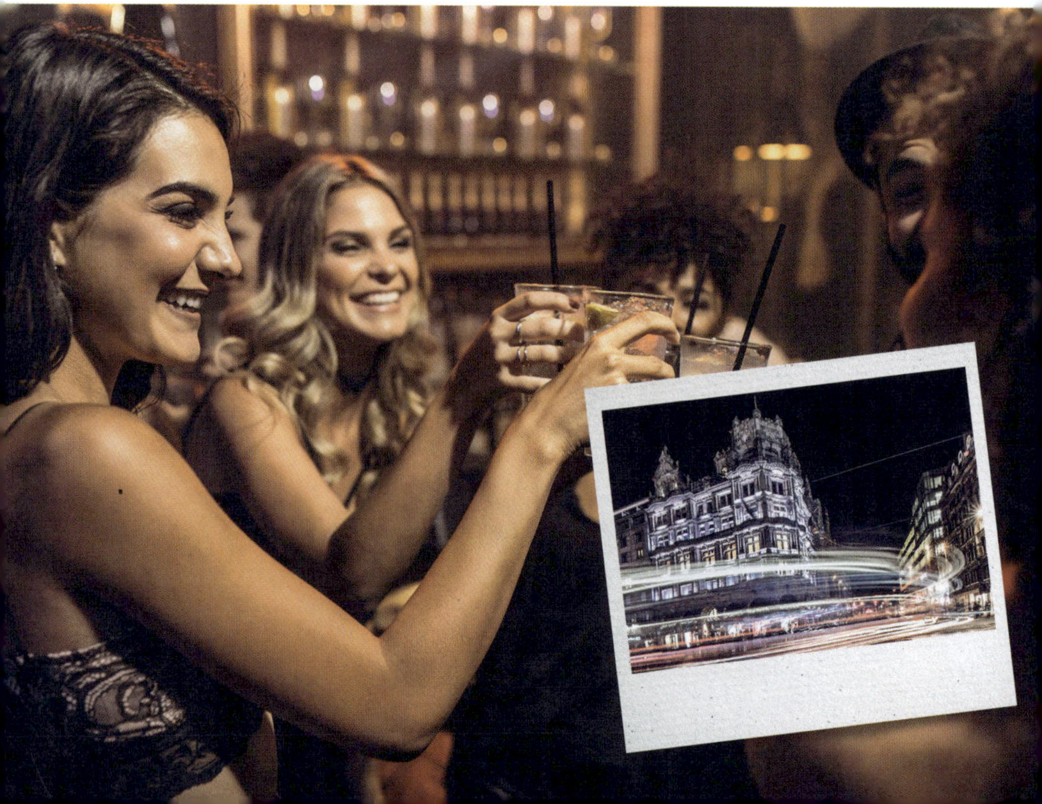

Quedarte sin aliento

Y con esto me refiero a las vistas, por supuesto: no seáis mal pensadas (¿o sí? Ja, ja, ja). Mi *must* sería subir a **Calton Hill** al atardecer con una botella de vino, un escocés que quite el sentido y unas copas (¿a quién queremos engañar?). Calton Hill es mucho más que un mirador, aquí encontrarás monumentos históricos como Nelson Monument o el Monumento Nacional, inspirado en la Acrópolis de Atenas. Podréis contemplar el casco antiguo, el castillo, la Royal Mile y el perfil de la ciudad con sus colinas de fondo. Las vistas son de postal y es el lugar perfecto para las fotos, las risas y las confidencias con ese cielo escocés tan romántico de fondo.

Y después de haber visto el atardecer desde Calton Hill el primer día, para cerrar el segundo te sugiero subir a **Arthur's Seat**, la colina más emblemática de Edimburgo y uno de los miradores naturales más impresionantes de la ciudad. Forma parte del Holyrood Park, un amplio espacio verde que ocupa lo que fue un antiguo volcán, ahora extinto, situado muy cerca del Palacio de Holyrood. Esta opción es un poquito más cansada. La subida puede hacerse por varios senderos, algunos más sencillos que otros, pero todos ofrecen vistas que justifican el esfuerzo. ¡Vamos, guerreras, que podéis! Desde la cima, a doscientos cincuenta y un metros de altura, se disfruta una panorámica excepcional del casco antiguo, del estuario del Forth y, si el día está despejado, incluso de las colinas de Fife al fondo. Vamos, ¡un sueño!

Soltarte (aún más) la melena

Venid en agosto. No hay excusa. El **Fringe Festival** ofrece actuaciones por todas partes, energía y diversión sin freno. Si coincidís con el festival más loco del año, preparaos para reír y ver espectáculos de todo tipo. ¡Una locura maravillosa!

Viajar a los escenarios de *Harry Potter*

Esta opción está especialmente dedicada para las *potterheads* del grupo. Todas tenemos una amiga friki de *Harry Potter*, y ya sabes lo que dicen: si no la tienes, es que eres tú misma. ¿Qué podéis hacer para recrear algunos de los escenarios de esta saga? Dos de las propuestas ya te las he comentado: **Victoria Street** inspiró el Callejón Diagón y en el **cementerio Greyfriars** podréis jugar a buscar los panteones y lápidas que sirvieron de inspiración a J.K. Rowling para muchos de los nombres de los personajes y familias de su mágico mundo. Ah, y no dejes de pasarte por **The Elephant House Café**, el lugar donde nació la magia. Aquí fue donde J.K. Rowling escribió parte de *Harry Potter*. Si te sientes inspirada, siéntate con tus amigas, pide un café y finge que estáis discutiendo los detalles de la trama de tu próxima saga literaria... ¡o hacedlo de verdad!

Sentirse una auténtica guerrera Maxwell

Las guerreras Maxwell son las que ríen, viven y conquistan sin miedo. Una auténtica guerrera Maxwell no le tiene miedo a nada, ni siquiera al ridículo, así que tu dirás: ¿te atreves con unas clases exprés de danza escocesa o ***ceilidh***? No puedo asegurarte que aprendas bien a bailarla, pero sí que la diversión está garantizada. Y el cardio, incluido.

¿Qué se come aquí?

El plato estrella de la gastronomía escocesa es el ***haggis***. Lo admito. A mí no me gusta. Sí, suena exótico y un pelín misterioso. Es una mezcla de cordero (vísceras incluidas, pero no te asustes), avena, cebolla y especias. Se sirve con *neeps and tatties* (puré de nabo y patata), y normalmente con una salsita de whisky que no sabes cómo entra. Digo cómo entra, porque mis amigas, Rosa, Silvia y Elisa se ponen ciegas cada vez que vamos allí. Las vegetarianas del grupo disponen de una opción *veggie* con lentejas, nueces y especias. Igual de sabroso y sin remordimientos.

Otros pecaditos escoceses serían el ***scotch pie***, un pastelito relleno de carne, perfecto para picar entre visitas, o los ***fish & chips*** escoceses: más crujientes y sabrosos que los de sus vecinos ingleses (ellos le echan más pasión a todo, ya sabes). El *fish & chips* ¡me encanta! Mientras mis amigas devoran los haggis, yo me pongo morada a esto.

Y de postre no olvidéis pedir un ***sticky toffe*** (mi hija Sandra y yo matamos por un *sticky toffe*). Es un jugoso bizcochito hecho de dátiles, acompañado con crema de vainilla o una bola de helado. O tambien podéis pedir el ***cranachan***, una *delicatessen* tradicional con avena tostada, nata, miel, frambuesas y whisky. ¡Ambos postres son una bomba dulce que sabe a felicidad! Ya os pediréis luego el café con sacarina para equilibrar.

El paraíso del whisky

Ubicado al ladito del Castillo de Edimburgo, **The Scotch Whisky Experience** cumple lo que promete: una auténtica experiencia de diez (aunque ten en cuenta que nunca saldrás como entras...). En su recorrido con efectos visuales podrás conocer el proceso de elaboración del whisky y su historia, y terminarás la visita con una degustación. Merece la pena. Saldréis un poco más sabias, con las mejillas rojas y hablando inglés mejor que nunca. Consejo: elegid el tour con cata *premium*, ¡así podéis probar el whisky de varias regiones! Y que no falte la foto con las copas en alto gritando *«Slàinte!»*, que es salud en gaélico escocés.

COMO ESTRELLAS EN
LOS ÁNGELES

Paseo de la Fama de Hollywood

Mis guerreras y guerreros..., ¿os ha pasado alguna vez que la vida se os pone rebelde? ¿No os habéis levantado uno de esos días en que todo sale mal?, ¿uno de esos días en que te levantas con mil cosas por hacer, el café sabe normal, tu móvil vibra sin parar y tú simplemente funcionas en piloto automático?

Pues así fue como empezó esta historia. En uno de esos días en que todo parecía a punto de colapsar hasta que de repente apareció un mensaje mágico en mi grupo de amigas —ese grupo que todas tenemos y en el que coleccionamos memes, confesiones, fotos de gatos y dramas amorosos—. Un mensaje alocado e imprevisto que decía: «Chicas..., he encontrado vuelos a Los Ángeles tirados de precio. Si no nos vamos ahora, vamos a arrepentirnos toda nuestra vida».

Las guerreras Maxwell

TO

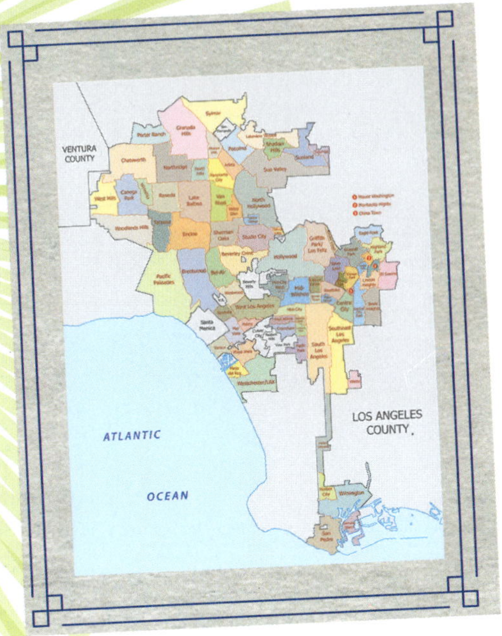

Deja que el verano haga su magia

Todas habíamos pasado por semanas intensas —corazones despeinados, trabajos que agotan, rutina que aplasta—, así que, de pronto, sin pensarlo mucho, animándonos unas a otras como en un efecto dominó, todas dijimos que sí. Que el verano no espera. Que la felicidad tampoco. Que, a veces, lo único que necesitas es una maleta, crema solar, unas gafas de sol enormes y a tus amigas diciendo barbaridades.

Hay decisiones que te salvan la vida sin hacer ruido. Y esta fue una de ellas.

Esa misma tarde ya estábamos comprando billetes, organizando maletas y planeando la aventura como adolescentes emocionadas. Y yo, que llevaba semanas sintiendo que necesitaba aire nuevo, sol, risas y amigas, me prometí dos cosas. La primera, ver si tenía suerte y me encontraba con alguno de los hermanos Ferrasa. Y la segunda, que en Los Ángeles iba a dejar que el verano hiciera su magia, iba a cargarme de energía bonita e iba a vivir esta semana como si fuera un capítulo perfecto de una de mis novelas.

Y sí…, ya os adelanto que lo cumplí. Lo de los Ferrasa, también adelanto que no.

Así fue como aterricé en Los Ángeles, con el pelo pegado a la cara del calor húmedo y el olor a verano de la crema solar. Cogimos un Uber enorme —éramos cinco con nuestros cinco maletones correspondientes— y, mientras el coche avanzaba por autopistas interminables, nosotras chillábamos de emoción cada vez que veíamos una palmera. Sí, sí. ¡Una simple palmera!

Desde el aeropuerto hasta el hotel todo parecía una de esas películas americanas sin preocupaciones de las que nos encantan. Allí nos cambiamos —algunas se metieron tanto en el papel con sus vestidos vaporosos que parecían salidas de un casting de los cincuenta—, nos pintamos y nos fuimos directas a cenar a **Gracias Madre**, un restaurante precioso lleno de luces cálidas, margaritas deliciosas y una clientela que parecía salir de una revista *cool*. Imaginaos nuestros comentarios.

Ahí empezó el espíritu de nuestra escapada: ¿reír? Mucho. ¿Brindar? Más. ¿Cotillear? Lo más grande.

Y comer sin remordimientos. Siempre.

¿Te apetecería saber lo que hicimos?

Pasear por la historia

Aunque Los Ángeles es moderna, brillante y ruidosa, también tiene historia para dar y regalar. Y como buena cotilla —histórica— me encanta buscarla.

Paseamos por el pintoresco **Mercado de Olvera**, donde los puestos rebosan colorido, artesanía, música mariachi en directo, vestidos tradicionales y tortillas recién hechas, y entramos en **Avila Adobe**, la casa más antigua de Los Ángeles, construida en 1818. Su interior fresco y los patios y las paredes encaladas parecían transportarnos a otro tiempo. Allí, entre historia mexicana y tamales deliciosos, me di cuenta de una cosa: las ciudades también tienen alma. Y es increíble cuando sientes que conectas con ella.

Después fuimos a ver estrellas. Literalmente. Las de verdad y las que aspiran a serlo. En el **Hollywood Boulevard** y el **Paseo de la Fama**, con las estrellas grabadas en el suelo, leyendo cada uno de los nombres, tuve la sensación de que estaba mirando los créditos de mi vida cinematográfica.

¿Os acordáis de la protagonista de *Hola, ¿te acuerdas de mí?*, corriendo por aquí buscando a su amor entre los turistas? Este paseo siempre me recuerda a esa escena. Y os juro que mis amigas y yo tardamos una hora en avanzar dos calles porque querían foto con cada una de las estrellas del Paseo de la Fama que les sonaba mínimamente.

Y no voy a mentiros, me permití soñar que un día vería allí la mía... ¡quizá como directora de la adaptación de una de mis novelas!

La Bradbury Building, famosa por *Blade Runner*, es un auténtico poema arquitectónico, un auténtico tesoro con su luz dorada bajando por la claraboya. Subimos las escaleras color miel, rozamos la barandilla de hierro forjado (que parece hecha por hadas) y nos quedamos boquiabiertas. Cualquier escena romántica aquí automáticamente se volvería épica.

Descubrirme a mí misma

Los Ángeles tiene algo que me cautivó por completo: puedes estar en una de las ciudades más icónicas del planeta y, a diez minutos, encontrarte en plena naturaleza. Una de mis partes favoritas del viaje fue la caminata hasta el **Mount Lee Trail**, con un sol de justicia, un agua más bien escasa, fotos ridículas y conversaciones sobre exchurris que ya no duele nombrar. Llegamos arriba entre risas y, cuando por fin fuimos capaces de mirar a nuestro alrededor, nos quedamos extasiadas: el cartel brillaba con el sol del mediodía y Los Ángeles, a nuestros pies, parecía infinito. Me quedé muy quieta, respiré hondo, y cerré los ojos.

¿Conoces esa sensación de estar exactamente donde *necesitas estar*?

En la **Playa de Venice** nos perdimos en un paseo marítimo que es un auténtico festival humano. Patinadores, músicos, artistas callejeros, tiendas bohemias, *skaters*, culturistas, *hippies*, surfistas y vendedoras de pulseras. Aquí se mezclan almas libres y turistas despistados como nosotras, así que simplemente nos dejamos fluir. ¡Y vaya si fluimos!

Compramos helados imposibles, observamos con curiosidad bíceps y tabletitas de chocolate increíbles, hicimos fotos a murales gigantes y nos tumbamos en la arena viendo cómo el océano Pacífico nos regalaba una brisa perfecta. Nos hicimos trenzas con hilos de colores y nos compramos unas pulseras horribles. Porque sí, chicas, para hacer todo eso ¡no hay edad! Solo ganas de pasarlo bien y disfrutar.

Recuerdos son recuerdos.

En **Marina del Rey** nos estrenamos con el *paddle surf*. Absolutamente recomendable. Nada de deportes extremos, solo un poco de equilibrio, unas cuantas paletadas y muchas carcajadas ante nuestra propia torpeza. No dejes de intentarlo. Te puedo asegurar que vas a caerte al menos un par de veces. Y que el agua estará siempre más fría de lo que esperas.

Toda una experiencia. ¡Al día siguiente teníamos agujetas hasta de reírnos!

Si de verdad quieres tener otra visión del mundo ve al **Griffith Observatory**; es un lugar mágico. Vimos una exposición sobre el universo, disfrutamos del telescopio y caminamos hasta un mirador donde se ve todo Hollywood. Aquí podría perfectamente empezar una escena de mis novelas... o terminarla.

Protagonizar mi propia peli

Aquí todo parece un rodaje. Todo.

Fuimos a **Rodeo Drive**. No compré nada porque los precios eran para princesas árabes, pero me permití caminar por allí como si fuese una de ellas. Mis amigas, entre risas, como saben que soy bastante «echá palante», me pedían que recreara la escena de Julia Roberts entrando en la tienda. ¡Y lo hice! ¿Quién ha dicho miedo al ridículo? Te prometo que hasta los guardias de seguridad se reían.

Y uno de los lugares más mágicos del mundo del cine, el que no podía faltar, es el **Dolby Theatre**. Sí, sí, sí, el lugar donde se celebra la gala de los Óscar y que cada año veo de madrugada repanchingada en el sillón. Nos hicimos cuarenta fotos con poses a cuál más dramática y juraría, de verdad, que, al entrar, escuché mi nombre imaginario anunciado por una voz profunda: «*And the award goes to... Megan Maxwell!*».

¿No os dije que viviría todo como el capítulo de una de mis novelas?

Y si sois tan fans del cine como yo, tenéis —sí o sí— que ir al **Warner Bros Studio Tour**. ¡Este lugar es como Disneyland para adultas! No os podéis imaginar cómo lo disfruté. Decorados, *atrezzo*, el sofá de *Friends*, los callejones donde rodaron mil series, la cafetería de *Gilmore Girls*... ¿Sabéis esas escenas locas que escribo en mis novelas? Pues muchas nacieron en lugares como este.

Ir de compras

Visitamos **The Grove**, que es como un centro comercial a lo sofisticado. Con música, fuentes, tiendas coquetas y un tranvía *vintage* que parecía sacado de un cuento. Compramos vestidos, gafas gigantes y un conjunto surfero que me alucinó y sé que no me pondré nunca jamás.

Melrose Avenue es la meca del arte urbano: cafeterías *instagrameras*, moda retro, tiendas alternativas, murales para fotos geniales y barberías hípster. Aquí todo es posible. Mis amigas compraron botas de cowboy con purpurina. Yo, una sudadera con un «Girl Power» enorme. Y todas felices.

Sentir —de verdad— el arte

El **Getty Center** tiene de todo. Una arquitectura sublime, unos jardines que te quitan el hipo, unas increíbles vistas panorámicas y unas obras de arte que te permiten parar y sentir. Si hay algo que me encanta de adentrarme en el arte, es poder constatar que siempre hay belleza en lo inesperado.

The Broad también nos conquistó. Es un museo moderno, gratuito y maravilloso. Había obras que parecían sacadas de un sueño, auténtica poesía visual. Mis amigas y yo lo contemplábamos todo en silencio, y yo tenía la sensación de que el universo nos estaba abrazando.

Y para cerrar la noche, ¿qué mejor que un concierto al aire libre en el **Hollywood Bowl**? Una noche de verano, un cielo lleno de estrellas, gente guapísima alrededor y música flotando en el aire... ¿Qué más se puede pedir a la vida? Ese momento debería recetarse como medicina. O poder envasarlo, para consumirlo cuando haga falta.

Vivir a lo grande

Como habíamos decidido no privarnos de nada, al día siguiente contratamos un **paseo en barco desde Long Beach**. Fue simplemente precioso.

Vimos delfines, el *skyline* desde el agua y un atardecer rosa que parecía pintado. En ese rato no hubo conversaciones ruidosas ni carcajadas. Creo que, a veces, incluso a nosotras la belleza nos deja sin palabras.

Nos animamos también a contratar una **excursión a la isla de Catalina**, un pequeño paraíso que parece absolutamente inventado. A mí me gustó todo. El agua turquesa, las calles cuidadísimas, las inmersiones de *snorkel*, los helados gigantescos y el ambiente de película que se vivía allí. Os juro que en varias ocasiones pensé que alguien iba a gritar: «¡Corten!».

Y estuvimos en un pueblito encantador llamado **Avalon**, donde juro que podría escribir una novela entera del tirón.

En el barco de vuelta, un madurito simpatiquísimo se acercó a nosotras porque había oído nuestras carcajadas y había hecho una apuesta con sus amigos.

—¿Sois españolas?

—¡Y muy españolas!

Charlamos, reímos, nos hicimos fotos y hubo un miniromance de esos que solo duran el trayecto..., pero que una recuerda con sonrisa cómplice. El madurito me miraba como si tuviera intención de pedirme matrimonio allí mismo, y mis amigas, como si desearan que aceptara a toda costa.

Al final lo dejé en una conversación divertida, pero nos intercambiamos los wasaps, porque oye, nunca se sabe. Y lo que pasa en Los Ángeles...

La última noche, sentadas en la playa de Malibú, con los pies metidos en la arena tibia y el rumor del Pacífico acariciándonos el oído, pensé en lo afortunadas que somos por permitirnos estos viajes, estas risas y estos momentos que alimentan más que cualquier otra cosa. Y, sobre todo, en lo importante que es rodearte de mujeres que te quieren, que te entienden, que te levantan, que te escuchan y que te hacen reír hasta que te duele la tripa.

Volví de Los Ángeles más ligera, más ruidosa, más yo. Y entendí —por si me quedaba alguna duda— que, cuando viajas con tus amigas, el mundo siempre parece más bonito.

Y vosotros, mis guerreras y guerreros, sois parte de esta aventura. Gracias por viajar conmigo y por emocionaros con cada historia. Real o ficticia.

Y preparad la maleta... Porque la siguiente escapada la planeamos juntas.

Lo que no sabías de Los Ángeles

Los Ángeles, tan icónico, tan visto en mil películas que hasta parece sonarnos, como si hubiéramos estado allí, atesora un montón de curiosidades. Su nombre, como seguramente te figures, es de origen español, y no, no es la capital de California, ¡que es Sacramento!

¿Sabes que el cartel de Hollywood acababa con la sílaba «Land» de «Hollywoodland» y que las letras fueron perdiéndose? ¿O que puedes encontrarte con estatuas de James Dean y John Wayne? ¿O que puedes ver el coche de Rayo MacQueen en el Petersen Automotive Museum? Es un museo que tiene la colección más grande del mundo de coches de lujo. Y que esconde otras curiosidades tan frikis como la máquina del tiempo de *Regreso al futuro*.

Y si os gusta leer tanto como a mí —que espero que sí—, no dejéis pasar la oportunidad de acercaros a The Last Bookstore, la librería independiente más grande del sur de California. Tiene incluso una sección de libros a un dólar, así que ya no hay excusas para no darse a la lectura.

Y ya que estamos aquí...

Si en lugar de montártelo como nosotras y hacer una escapada exprés espontánea lo planificas un poquito más, te daría tiempo a hacerte un viajecito al Gran Cañón del Colorado. Si te gustan los paisajes y el espacio para las confidencias que supone el estar horas conduciendo en un coche, podéis montaros vuestro propio *roadtrip* al más puro estilo *Thelma y Louise*, aunque mejor si elegís algún otro final.

Desde Los Ángeles, en cuatro días te da tiempo a visitar la famosa *Strip* en Las Vegas, donde se encuentran los hoteles más espectaculares de la ciudad, y solo un día después estar asomándote a miradores a dos mil metros de altura y a algunos de los monumentos naturales más bellos del planeta, como el Antilope Canyon. ¿No te vas a dejar seducir por el Oeste americano?

DÍAS DE VERANO EN IBIZA

Vista de Cala Saladeta

Ibiza, Ibiza, Ibiza..., ¡ya sabéis cuánto adoro Ibiza!

Hay veranos que comienzan en primavera, mucho antes incluso de que el calendario decida que ya es hora de sudar, enseñar piel y quejarnos del calor; veranos que nacen no del clima, sino del cuerpo, del cansancio acumulado en los hombros, del deseo urgente de parar, de suspender el deber y recuperar el placer y, sobre todo, veranos que nacen de una especie de nostalgia anticipada, esa que te dice que necesitas sentirte no más productiva, no más válida, sino más espontánea, más salvaje, más ligera, más feliz.

Más tú.

LAS GUERRERAS MAXWELL

TO

Y así nació este viaje, como un acto de supervivencia emocional compartida: una tarde cualquiera, después de semanas de sentirnos mujeres que resuelven problemas, organizan agendas, sostienen casas, trabajos, relaciones y expectativas, una de nosotras, la más impulsiva, la más peligrosa cuando se aburre, *oséase* yo, mandé un mensaje que incendió el chat.

—Me largo unos días a Ibiza. Necesito oler el verano. ¿Quién se anima?

¿Puedes creértelo? Se animaron todas. Porque la intuición, cuando llega como un golpe, reconoce lo urgente antes que nosotras mismas.

Compramos billetes, pedimos días libres, organizamos maletas con más bikinis que ropa y más protector solar que maquillaje —bueno, quizá al 50%—, y nos subimos a un avión que no solo nos llevaba a un destino geográfico que adoro, sino a un estado de ánimo. ¡Felicidad!

Cuando bajamos del avión en Ibiza, con el sol pegando fuerte y el aire oliendo a sal y a fiesta, supe que estábamos quizá no donde debíamos, pero sí donde necesitábamos estar. Porque a veces tenemos que recordarnos que no se trata de transitar por la vida; sino de habitarla con cierto desparpajo.

Despéinate

Hay playas que son solo playas y luego está Ibiza, donde el mar no es paisaje, sino experiencia, y basta meterse en él para que empiece a arrancarte las capas que llevas meses sosteniendo como si fueran parte de tu piel.

Fuimos a **Cala Comte**, ese lugar donde el agua es tan absurda en su transparencia que parece creada para impresionar y, sin embargo, la experiencia no fue esa postal perfecta de cuerpos bronceados y poses de *influencer*, sino el caos delicioso de mujeres reales entrando al agua entre chillidos, tropezones, risas, bikinis rebeldes y esa torpeza que acompaña la felicidad auténtica, la que no necesita ser estética para ser memorable.

Y mientras nos mojábamos con más ruido que elegancia, noté algo hermoso: con cada oleada nos reíamos más, hablábamos más y también soltábamos más, porque el mar tiene esa manera silenciosa de limpiar no solo la sal de la piel, sino el ruido mental; de dejarte desnuda emocionalmente, como si cada remojón fuera un recordatorio de que puedes relajarte, de que no tienes que estar siempre entera, de que hay placer en el desorden. Mucho.

Después fuimos a **Cala d'Hort**, donde **Es Vedrà** emerge como una presencia constante. Algunos dicen que es un punto magnético poderoso, que allí se escondieron monjes exorcistas, que atrae ovnis y que es capaz de confundir las brújulas, pero a mí me atrae más la opción que afirma que quien lo mira durante demasiado tiempo puede recordar amores que nunca vivió. Por lo que me gusta observar ese punto y pensar en Duncan McRae, Eric Zimmerman, Tony Ferrasa o Álvaro Lombardo..., entre otros. Porque sí, elegir entre todos mis chicos es difícil.

También se dice que fue un refugio para sirenas. Como nosotras.

¿Verdad? ¿Mito? ¿Alucinación colectiva? Da igual. La magia no se comprueba.

Se busca. Y, a veces, incluso se encuentra. Por lo tanto, ¡búscala!

Si abres una cerveza allí, comprobarás cómo el magnetismo místico que rebosa es capaz de convertir cualquier conversación banal en un debate filosófico. Nosotras lo notamos porque ahí, sentadas en la arena caliente con el sol bajando lento, pasamos de hablar de chistes absurdos a discutir sobre amores rotos, intuiciones que en algún momento ignoramos, oportunidades que dejamos pasar y decisiones que, aunque duelan, nos salvaron.

Y nos sentimos imperfectas. Pero deliciosamente vivas.

Protagoniza tu propia fiesta

Ibiza de noche no es ocio, es ritual. Es bailar como si la dignidad se hubiera perdido. Como si nadie te estuviera mirando y a la vez esperaras que todos te vieran. No es hedonismo, sino catarsis colectiva. Y, oye, para bailar y pasarlo bien no hay edad, por lo que disfruta, que la vida son dos días.

En **Ushuaïa**, con el sol poniéndose detrás de la música, sentí algo que no sabía poner en palabras: no era felicidad ni libertad ni euforia, sino una sensación de presencia absoluta, como si, por un instante, el cuerpo dejara de cargar cosas y simplemente existiera. Flotara y viviera.

En **Pacha**, entre cuerpos brillantes, ropa mínima, perfumes caros y maquillajes corridos, tuve una revelación: estaba viva, no «funcionando», no «produciendo», no «controlando», sino viva, sudando, riendo, bebiendo, deseando, sin plan, sin estructura, sin propósito racional.

Un chico guapo me miró como si brillara y no pensé en futuro, ni en pasado, ni en moral, ni en nutrición afectiva. Simplemente pensé «este segundo vale la pena». Y a veces la sabiduría es eso, elegir un instante y no justificarlo. Solo vivirlo.

Reinvéntate en la naturaleza

Ibiza en primavera es verde, ondulada y sorprendente. No te la imaginas así hasta que decides ponerte zapatillas cómodas y subir al **Monte Sa Talaia**, el punto más alto de la isla. No importa si nunca has hecho senderismo, porque Ibiza te obliga a reinventarte constantemente, a cumplir retos que no te habrías planteado.

La subida se nota. Resoplas, sudas, haces bromas sobre la edad, los kilos o el tabaco y prometes que la próxima vez te repensarás la excursión. Pero sigues. Porque el aire huele a pino calentado por el sol y a tierra viva, y algo dentro te empuja hacia arriba.

Y cuando al fin llegas, te paras.

La isla se despliega entera: pueblos blancos, caminos finos, el mar brillando al fondo. Respiras hondo y, sin darte cuenta, todo se recoloca un poco. No es magia. Es perspectiva. Y funciona.

Luego bajas hacia el sur, a **Ses Salines**, donde el paisaje se abre y el viento corre libre. Son dieciséis mil hectáreas de salinas protegidas, con estanques desde el tiempo de los fenicios, y allí parece como si el planeta entero acabara de nacer. Las torres defensivas de **Es Carregador** y **Ses Portes** aún vigilan el horizonte, el olor a sal te envuelve y caminar por allí es como resetearte sin tener que apagar nada. El cuerpo entra en otro ritmo. Y tú también. Como si, al cansar el cuerpo, pudiéramos dejar que el cerebro descansara.

Descúbrete en silencio

Después de caminar, toca parar. Y en Ibiza, parar se hace frente al mar. **Cala Salada** te recibe con agua clara, fresca, viva. Es una calita no muy grande, pero preciosa. Te metes despacio, ves los pececitos de colores a tu alrededor, sientes el escalofrío que despierta hasta las ideas y sales riendo. Te tumbas al sol, te embadurnas de crema —ese olor que para mí ya es Ibiza— y cierras los ojos simplemente para disfrutar.

En **Cala Saladeta** todo es más íntimo. Más recogido. Aquí se habla bajo. El sol te calienta la piel aún húmeda y el tiempo se suspende. No piensas en lo que viene después: solo estás.

El **faro de Moscarter**, en el norte, es otro de esos lugares donde descubrirte en silencio. Porque Ibiza tiene muchos paisajes de silencio. Se llega hasta él a través de un sendero que bordea varios acantilados, no apto para viajeros con vértigo. Y si te animas a caminar un poco más, **Es Portitxol** o **Cala Llentrisca** te esperan al final del esfuerzo. Llegas cansada y sudada..., pero el mar te recibe como un premio. Y entonces, como en un aprendizaje, entiendes que hay placeres que se disfrutan más cuando cuestan un poco.

Siéntete viva

Y cuando el cuerpo ya está relajado, llega el momento de mirar. Porque los atardeceres en Ibiza no son decorativos, son emocionales y aptos para el corazón.

En **Benirrás**, el cielo empieza a cambiar de color sin avisar. Naranjas, rosas, dorados imposibles. Los tambores suenan despacio, como calentando motores. El aire se enfría un poco y tú notas ese nudo bonito en la garganta. No sabes por qué, pero te emocionas. Y no pasa nada.

En **Cala d'Hort**, frente a **Es Vedrá**, el ambiente es distinto. Hay silencio. Respeto. El islote impone. Te quedas callada. Lo miras. Y sientes algo que no puedes explicar. No da miedo, pero te obliga a bajar la voz. A mirar hacia dentro.

Y ahí, sin darte cuenta, sonríes.

Piérdete en aldeas con encanto

Callejear por los pueblos de la isla tiene un atractivo especial. Calles estrechas, casas blancas como rescatadas de otro tiempo, y el color de las buganvillas subrayando cada pared. **Sant Antoni**, la segunda ciudad en importancia de la isla y famosa por su animada vida nocturna, es uno de los lugares más emblemáticos, pero también destacan el paseo marítimo de **Santa Eulalia** y las vistas desde la colina del **Puig de Missa**; o la pequeña aldea de **Santa Agnès de Corona**, o **Es Cubells**, situado al borde de un acantilado; o **Santa Gertrudis de Fruitera**, donde huele a pan recién hecho, a café con leche en taza grande y a conversaciones largas. Te sientas pensando «un rato» y se te va la mañana. Comes bien, bebes mejor y todo parece sencillo.

O **Sant Joan**, que es campo y calma e invita a pasear sin rumbo, mirar fachadas blancas, o escuchar el canto de los pájaros. Aquí nadie corre. Y tú tampoco. O **Sant Carles**, donde la vida va despacio y sin apenas ruido. Y descubres que, tras el bullicio, esa tranquilidad te relaja. Porque no siempre hace falta más. A veces hace falta menos.

Atrévete

En Ibiza, junto a la modernidad de sus noches eternas y los yates de lujo atracados en algún puerto deportivo, convive una historia milenaria, enterrada a unos centímetros de la superficie.

Dicen que la ciudad la fundaron los fenicios y la ocuparon los cartagineses, y que su nombre deriva del dios Bes, una divinidad regordeta amante de la fiesta, el vino y la música, como no podía ser de otra manera.

Sus cuevas son ventanas abiertas al pasado desde hace miles de años. Lugares donde el ser humano habitó desde la Edad de Bronce, como **Ses Fontanelles**, cuyas pinturas rupestres aún nos hablan de su presencia.

Pero quizá la más impresionante sea la **Cova de Can Marçà**, situada en un acantilado del **Port de Sant Miquel**. Su interior, que alberga varias formaciones naturales como estalactitas, estalagmitas, lagos y cascadas, fue utilizado en el pasado para esconderse de los ataques piratas y para ocultar mercancía de contrabando. Aquí yo siempre me imagino dentro de una de mis novelas.

La humedad, la oscuridad, los ecos... Durante unos segundos sientes ese miedo infantil delicioso. Piensas en tesoros, en historias ocultas, en secretos. Y sales a la luz riéndote de ti misma. Y un poco más despierta.

Y, sin darte cuenta, **Es Vedrá** vuelve a tu cabeza. Porque hay lugares que no se olvidan. Porque no todo tiene que entenderse para sentirse.

Disfruta de la noche

No siempre son discotecas, ni fiestas privadas a bordo de algún barco, ni piscinas nocturnas, ni cuerpos perfectos y sonrisas operadas. Las noches de primavera en Ibiza también huelen a pescado fresco, a hierbas ibicencas, a *gin-tonic* local y a vino blanco frío. A cenas largas, risas compartidas y piel salada.

Eres tú quien decides. Y desde nuestra edad, sin la presión a la que nos condenan las expectativas o la apariencia, somos más sabias. Por eso solo necesitamos un bar con música que suena bien, un baile improvisado, una risa inesperada y nada por demostrar.

Acostarte tarde, si apetece. Desayunar lento, como si nadie te esperara. Y al día siguiente, repetir.

Y eso, querida, es un lujo.

Vuelve a los sesenta

Si te gusta ese ambiente de vestidos blancos y floreados, pies descalzos y cintas en el pelo, los mercadillos *hippies* de Ibiza te abren una ventana a un pasado feliz. En el de **las Dalias**, que cuenta con más de doscientos puestos, puedes encontrar ropa, bisutería, discos, decoración, hamacas o incienso que harán las delicias de todo amante del *flower power*.

El mercadillo *hippy* de **Es Canar** es aún más antiguo y grande. Está ubicado en el complejo hotelero de Punta Arabí, y es uno de los puntos más concurridos de toda la isla gracias a cientos de puestos de artesanías, joyas y ropa, además de actuaciones musicales en directo y puestos de comida.

Más que unos simples mercados, ambos son una experiencia sensorial con olor a incienso, a cuero, a especias, música, colores..., y la sensación plácida y cómoda de estar viviendo en otro tiempo. Te pruebas cosas que nunca usarías en casa, compras sin culpa y sales cansada. Y feliz.

Ibiza no te transforma: te devuelve a ti misma.

La última noche, caminando descalzas por el puerto, con la piel salada, los pies sucios, los labios aún pintados y el corazón ligero, lo comentamos.

Que la isla no es un milagro. No te cambia, no te cura, no te salva. Pero ayuda a rescatar esa alegría infantil y esa locura adolescente que aún quedan en ti.

Ibiza te recuerda que puedes ser intensa sin pedir disculpas, sensible sin esconderte, divertida sin medir, salvaje sin control, vulnerable sin vergüenza y..., sobre todo, que puedes amar la vida sin planearla ni explicarla.

Y que no se puede vivir con miedo al placer.

Formentera

El *ferry* sale temprano y, en menos de una hora, puedes estar en **Formentera**: otra isla, otra realidad.

El agua es transparente, más aún si cabe. La arena es clara y el silencio, lejos del bullicio ibicenco, es reparador. Puedes alquilar una moto o una bici para recorrerla y vivir la sensación de descubrirla por ti mismo. Aquí no hace falta hacer nada. Se viene a eso. A caminar descalza, comer bien, beber algo frío y no hacer nada más.

Y no hace falta. Ya lo verás. Volverás distinta. Más ligera. Como si hubieras dejado preocupaciones allí.

El Stonehenge ibicenco

¿Os he dicho ya que Ibiza recupera esa parte alocada de nosotros mismos?

A Guy Laliberté, el creador del Cirque du Soleil, también le pasó. Quizá enamorado —u obsesionado— con la importancia del astro solar, denominó así a su mansión, **Can Soleil**, y encargó un monumento que conmemorara la relación del ser humano con la estrella que garantizaba el paso de los días y de las estaciones; la que dotaba al planeta de vida y a la vida de un orden.

Por ello encargó al escultor australiano Andrew Rogers un monumento muy especial. Está situado en una posición privilegiada en Cala Llentia, y compuesto por trece columnas de basalto trasportadas en barco desde Turquía. Trece columnas que forman un círculo con una columna central alineada con el sol el día del solsticio de invierno y rematada por una placa de oro de veintitrés quilates para que refleje los rayos de sol.

Conocido ya como el «Stonehenge ibicenco», junto a las cercanas y misteriosas Puertas de Can Soleil forma un conjunto mágico y sorprendente.

Por si necesitabas un aliciente más para visitar la isla.

MIMARSE EN OTOÑO

DISFRUTANDO CON AMIGAS EN SANTORINI

Puerto de Amoudi, Santorini

Hay lugares que necesitan excusas. Ya sabes, del tipo de «¿por qué no conocerlo?», «es un momento excelente», «hay un billete a buen precio» o «me han dicho que se come muy bien».

Lugares a los que alguien, en algún momento, te convence para ir.

Luego hay destinos que requieren de una compañía especial, que resultan más románticos y llaman más la atención para recorrerlos en pareja, que son invitadores para una escapada de amigas o que son terapéuticos para recorrerlos sola.

Y luego hay otros que no necesitan nada. Lugares mágicos que pueden recorrerse con cualquier compañía posible. O incluso en distintas ocasiones, porque cada vez van a aportarte una sensación especial y algo diferente.

LAS GUERRERAS MAXWELL

TO

LUGARES a los que el único «pero» que puedes ponerles es que hay demasiada gente enamorada de su estética de postal. Lugares que te hacen fluir de tal manera que tu única preocupación será desde cuál de sus miradores de cuento ver el próximo atardecer. Y ver que se acerca el día de la vuelta.

Pues bien, guerreras, **Santorini** es uno de esos sitios.

Yo lo descubrí sola, en uno de esos momentos que la vida nos regala cuando no los buscamos. Uno de esos momentos en los que necesitamos reiniciarnos para descubrir que lo que parecía el final de algo era el comienzo de algo aún mejor. Fue un otoño, en esa transición que se nos pierde entre la luminosidad del verano y la sensación del paso del tiempo que nos deja el invierno. Y fue como rescatar el sol, el mar, mi energía y la alegría cuando parecía que se habían desvanecido. Conocer gente de distintos países, tomar vino hasta las tantas, sentir las piernas cansadas al recorrer los desniveles de la ciudad y notar el corazón saturado de tanta belleza..., sinceramente, fue una receta infalible contra la tristeza.

Desde entonces procuro repetir el viaje, incluso he ido con amigos, y lo recomiendo encarecidamente como remedio curativo para encontrarte a ti misma. Sola, con el churri o con amigas. Eso ya lo eliges

tú. Pero también te digo que, con las amigas, el destino se vuelve más loco y divertido, y con el churri, más romántico y besucón.

Santorini es una isla griega plagadita de cosas y sitios espectaculares. Es una de las Cícladas. Su forma de medialuna es lo que queda de la isla original de Thera, devastada tras una increíble erupción volcánica hace unos tres mil seiscientos años, pero esa historia preapocalíptica ya te la contaré luego. Seguro que te suena por esas imágenes idílicas de casas con cúpulas azules y fachadas blancas recortadas contra un cielo celeste. Septiembre es un mes maravilloso para visitarla, porque a finales de mes los colegios ya han empezado y solo quedan los locales, los viajeros profesionales y los que buscamos renovarnos con alguna experiencia no necesariamente mística. En septiembre aún hace buen tiempo, aún hay vuelos directos desde Barcelona y un montón de ferrys que llegan desde la no tan lejana Atenas.

¿Cómo recorrer Santorini?

Pues la verdad, guerrera, hazlo en el orden que desees, pero con esa calma que te transmite el propio paisaje. Puedes moverte en transporte público, porque los autobuses llegan a cualquier destino, pero ¡ojo!, no siempre hay la misma frecuencia y en ocasiones tendrás que enlazar varios, lo que supondría perder un tiempo que solo tú eres capaz de tasar. Si vas con amigas, yo recomiendo alquilar un coche para poder moveros a vuestro antojo por playas y miradores. ¡Vais a flipar! Es la mejor opción para un grupo pequeño, salvo que queráis rememorar la adolescencia y decidáis alquilar cada una una moto para emular a los añorados protagonistas de *Verano Azul*. Y digo moto —o incluso *quad*— porque, dados los desniveles de la isla, recorrerla arriba y abajo en bicicleta no es algo que esté al alcance de cualquiera. *Believe me.*

Y ahora, ¿estás preparada para descubrir todo lo que puedes hacer en una escapada a Santorini?

Extasiarse ante pueblos de postal

Te pasará todo el rato. Verás sitios, lugares o rincones que te dejarán sin aliento, y te aseguro que sonreirás. Santorini es así. De hecho, voy a presentar una petición popular para que el síndrome de Stendhal (que es la reacción emocional y física que algunas personas sufrimos al ver algo increíble) pase a llamarse síndrome de Santorini. ¿Os imagináis que acepten la petición? Y es que la primera vez que me encontré literalmente paralizada ante tanta belleza —arquitectónica, quiero decir; con ejemplares masculinos me ha pasado más veces, afortunadamente— fue en Oia. **Oia** es una bonita ciudad construida en la ladera de un acantilado, con unas vistas increíbles sobre la caldera volcánica que una vez debió ser, literalmente, el corazón de la isla. El simple hecho de recorrer sus callejuelas es una auténtica experiencia. Eso sí, mucho mejor si puedes hacerlo antes de las ocho de la mañana o después de las dos de la tarde, porque así al menos te aseguras de librarte de los cruceristas y las excursiones-de-un-día desde Atenas. Por la tarde la isla es de sus habitantes. Y un poco también de los que decidimos pernoctar en ella.

Fira, la capital, es otro de los escenarios que no puedes perderte. Te aconsejo llegar allí caminando desde el pueblo de Firestefani, bordeando la inmensa caldera por un sendero con unas impresionantes vistas del Mar Egeo y de multitud de casitas blancas, apiñadas en el acantilado. Lleva agüita, porque tanta belleza te resecará hasta el alma. Merece la pena entrar en la Catedral Metropolitana y aprender lo que une y lo que separa los cultos ortodoxo y católico. ¡Es muy curioso! Y, por supuesto, si te intriga la historia, especialmente la cultura minoica que habitó —y se desvaneció— en esta isla, no te pierdas los museos de la Tera Prehistórica y el Arqueológico.

Agotarse en caminatas reveladoras

Ya te he comentado que el relieve de la isla no lo pone fácil. Lleva zapatillas de deporte y olvídate del *glamour* del tacón. Los locales de hecho ponen burritos a disposición de los turistas más flojeras, pero yo siempre he tenido el corazón dividido entre calificar su uso como maltrato animal o como una manera de mantener en activo una especie que, si no, quizá se enfrentaría al mismo riesgo de extinción que en España. En cualquier caso, hemos venido aquí a jugar y a liberar endorfinas, así que ¿quién dijo miedo? Equípate adecuadamente con gorra, calzado deportivo y protección solar y enfréntate al **trekking entre Fira y Oia**, un espectacular recorrido de diez

kilómetros que te puede llevar unas cuatro horitas aproximadamente, pero que verás como merece la pena. Los más valientes hacen el camino de vuelta, pero las más prudentes, y no quiero señalar a nadie, tratamos de conservar la mecánica, como dicen en automovilismo, y preferimos coger el autobús en la estación de Oia para volver a Fira.

Si el cuerpo te responde, también puedes buscar un rato para subir a la **Ekklisia Theoskepasti**, ubicada detrás de la imponente roca Skaros. Aunque el camino parte desde Imoreglevi, un pueblo que se encuentra precisamente en la ruta de Fira a Oia, yo te aconsejo abordar los esfuerzos de uno en uno y hacer esta excursión en este momento, expresamente. Y preferiblemente en las horas de menos calor. No es muy larga. Suele durar una hora y media y, una vez en la roca, se puede elegir entre bordearla o subir por los escalones tallados en ella. Las dos opciones implican cierta capacidad para vencer el vértigo. En mi caso, con el vértigo que tengo, saqué mi lado guerrero y, aunque hubo momentos en los que literalmente pensé: «¿Qué hago aquí?», una vez terminé, me sentí plena y feliz. ¡Olé por mí!

Y si te quedan días —o cuerpo—, yo te propondría bajar los **587 escalones** que conectan Fira con el Puerto Viejo. Madre mía..., madre mía..., fue tremendo. Para mí esta es la parte que más concentración requiere, porque soy incapaz de mantener una conversación al mismo tiempo que resoplo de agotamiento, así que es un momento idóneo para la reflexión, la tranquilidad y el darte tu tiempo sin prisas, acompañada de la bellísima panorámica sobre la caldera. Abajo se encuentra el pueblo de Amoudi, que también se ha reinventado tras haber desaparecido en la última erupción, la de 1956. Allí puedes disfrutar de un baño, un paseo por la costa o un exquisito plato de pulpo secado al sol. Y tranquila, hay una manera de no hacer el camino de vuelta. Para subir puedes evitar las escaleras y utilizar el teleférico por el módico precio de seis euros. Que, oye, los pagas muy feliz.

Playa Roja

Playa Blanca

Andar de orilla en orilla

Tanto si eres de bañarte como si solo vas a la playa a hacerte la foto, no puedes irte de Santorini sin visitar la **Playa Roja**. Se la llama así, como podrás imaginarte, por el color de sus paredes de piedra, que forman un espectacular contraste con el azul del mar. El acceso no es inmediato. Deberás dejar el coche en un *parking* cercano y bajar durante unos diez minutos por un sendero que puede resultar resbaladizo, por lo que conviene obviar el *look* playero y decantarse por un calzado cerrado. Prudencia, o te metes un castañazo. Desde allí se puede coger una barca que te lleve en pocos minutos hasta **Playa Blanca**, un lugar que también sorprende por lo intenso de su color. Adivinad cuál.

Además de las playas blanca y roja, Santorini tiene otras muchas a las que merece la pena dedicar unas horas: Khataros, con su arena volcánica negra; Perissa, una playa de guijarros en la que reina un ambiente increíble; Vlychada, con sus imponentes paredes de piedra; Perivolos, con aguas cristalinas perfectas para el *snorkel*, o Kamari, una playa para todos los públicos..., con un muy buen ambiente al atardecer.

Viajar al pasado

Akrotiri, el yacimiento arqueológico más importante de la isla, es, para que nosotras nos entendamos, algo así como la Pompeya griega. Lleva el nombre de la ciudad minoica que se asentaba aquí y que fue destruida por la erupción volcánica del año 3600 a. C., y permaneció intacta, oculta bajo las cenizas, hasta el año 1967, cuando fue descubierta. Durante la visita, y a través de unas pasarelas de madera para evitar rozar las capas en las que trabajan los arqueólogos, aún se pueden ver las estructuras de las casas, e incluso detalles como cerámicas y mosaicos que te harán preguntarte cómo vivieron los habitantes de la ciudad. A diferencia de lo ocurrido en Pompeya, aquí hasta el momento no se han encontrado restos humanos. Y como tampoco se han hallado restos de valor, yo prefiero pensar que quizá el volcán avisara con algo de tiempo y algunas poblaciones pudieron abandonar el lugar antes de la catástrofe.

Surcar los mares

¿Y qué mejor, en la tierra de Poseidón, el dios del mar, y en la de las nereidas y sirenas, que emular a las divinidades adentrándose en este Mediterráneo de aguas cristalinas? Desde bucear a hacer *snorkel* o, sencillamente, nadar, lo mejor de encontrarte en una isla volcánica es que las formaciones rocosas proporcionan una espectacular visibilidad que no es comparable a la de las playas de arena. Si te animas a contratar uno de los barcos que surcan, en cualquier de sus modalidades, las aguas de Santorini, no te arrepentirás. Yo lo hice con amigos y siempre digo que es uno de los mejores recuerdos de mi vida. Hay para todos los gustos, desde catamaranes con fondo de cristal para observar la fauna local submarina a yates con comida y bebida a bordo, para sentiros auténticas divas y observar otro tipo de fauna local, en este caso, híbrida. No olvidéis el vestido playero, ni el sombrero de ala ancha y las gafas de sol enormes para embarcar con el *outfit* correcto. ¿Quién sabe cuándo puede una cruzarse con algún bronceado capitán que decida, como Ulises, hacer tiempo para conocer a alguna dama antes de regresar a Ítaca? En mi caso, no me crucé con el capitán. Él se lo perdió.

Disfrutar de los mejores atardeceres

Lo segundo mejor de haber pasado unos días en un lugar de ensueño es poder contarlo. Y para que la envidia sana fluya y no quedemos como Antoñita la Fantástica fue para lo que nació Instagram. Si quieres tomar la foto típica de atardecer en Santorini, tendrás que irte a Oia y apostarte, como para un asedio, en el **castillo de San Nicolás**. Eso sí, paciencia, porque todo el mundo que esté en la isla de turismo tendrá la misma idea que tú y posiblemente habrás de esperar una cola kilométrica para sacarla. Por lo que si estas buscando silencio y un poquito de introspección, quizá no sea el sitio. Así que te apunto una idea: un lugar igual de magnífico y mucho menos frecuentado es el pueblecito de **Amoudi**, en el Puerto Viejo, ¡lo vas a disfrutar! Y luego, tras la foto, puedes quedarte por allí para saborear una cerveza o un refresquito y picar algo entre el paisanaje. Y otro, igual de espectacular, siempre que te pille en la zona cercana a **Akrotiri,** se encuentra en el faro del mismo nombre. Aunque se puede llegar en coche casi hasta el final y caminar unos cien metros para disfrutar de unas vistas increíbles, hay un punto aún mejor: un mirador que se encuentra a unos quinientos metros del final del camino y desde donde tendrás una perspectiva en 360 ° de toda la Caldera. Allí sentirás que el mundo es literalmente tuyo.

Deleitarse con la gastronomía local

Si hay algo que no pueda gustarme más en la gastronomía de Santorini y, en general, en la gastronomía griega, son las ***tavernas***. Sí, sí, con V. Esa estética rural de sillas de madera, mantelito de cuadros y jarras de barro con vino de *retsina* me encanta. Es muy *vintage*. Yo me sentaría en una de ellas con un pañuelito en el pelo rojo solo para sentirme en una película de los años cincuenta, esperando a que un galán repeinado me encendiera el cigarrillo sin saber que ahí la que partiría el bacalao soy yo, ¡que soy guerrera! Y una vez allí, amiga, la oferta es casi infinita. Desde pescado y marisco procedentes del mismísimo Egeo a una riquísima

musaka calentita de berenjena y bechamel, o una buena ensalada con su tomate jugoso y su exquisito queso feta. Incluso el sencillo *gyros*, un sándwich elaborado con carne, tomate, cebolla y salsa *tzatziki*, acompañado de patatas fritas envueltas en un pan de pita, resulta una opción de almuerzo de batalla excelente. Uf..., qué hambre me está entrando. ¿Y qué decir de los dulces locales, que los griegos continúan disputándose con los turcos? La dulcísima baklava suele estar exquisita y el helado de pistacho ya es otro nivel, Maribel.

Las más cerveceras (esas son mis amigas) tienen su huequito en la **Donkey Experience**, una pequeñísima cervecería especializada en procesos tradicionales, sin pasteurizar, sin conservantes y sin filtros, como nosotras. Está en el interior, en Mesa Gonia, y te invitan a recorrer las instalaciones para aprender sobre el proceso de elaboración y, por supuesto, probar sus cervezas. ¡Una experiencia perfecta para compartir con las amigas o el churri!

Sentirse *influencer*

Y si eres de las que te gusta buscar la fotito emblemática de Instagram y reproducirla, estás de suerte, pues seguramente habrá pocos lugares más *instagrameables* que Santorini. Puedes encontrar alguno de sus puntos más fotogénicos simplemente buscándolos en Google Maps. Así encontrarás la diminuta iglesia con vistas a **Plaka Bay** buscando «Viewpoint to the Plaka Bay». Y así también identificarás el lugar desde donde tomar la **famosa foto de las cúpulas de Santorini**, buscando «Blue Domed Church Santorini». Te adelanto que está en Oia y que quizá tengas que madrugar y pelearte con otros tantos interesados por inmortalizar el lugar. No serás la única que tenga ese antojo.

Hay otra foto imperdible, la de uno de mis lugares favoritos de la isla, el **Heart of Santorini**. Seguro que lo podéis localizar también en el Maps. Se trata de una ventana natural con espectaculares vistas a la costa oeste de la isla. Y llamadme cursi, pero sí, por si os lo estabais preguntando, tiene forma de corazón.

Y ya si quieres la típica foto de piscina infinita que se pierde en el mar con el cielo a tus espaldas y no te da el presupuesto para disfrutar de una privada en tu alojamiento, siempre puedes recurrir a la *infinity pool* del **Lioyerma Lounge Cafe Pool Bar**. Allí podrás refrescarte, disfrutar de las vistas y sentirte como una auténtica diva por el módico precio de una consumición. Bueno, de una consumición de diez euros. ¡Tú decides!

Perderse en los pueblos menos transitados

Y como tienes tu propio transporte y eres libre para moverte por toda la isla, después de conocer los pueblos costeros más famosos te diría de visitar el interior. Como **Imeroglevi**, el pueblo que alberga la roca de Skaros, que además de ser uno de los puntos más altos de la isla, esconde una preciosa iglesia ortodoxa griega. O **Emporio**, con su castillo veneciano en la cima de la colina, y sus casas arracimadas que son la continuación de los muros del castillo. O **Pyrgos**, el pueblo más popular entre los menos conocidos, con las callejas empedradas que conducen a su castillo, que esconde una de las iglesias más antiguas de Santorini, y la de la Santísima Trinidad, con su valiosísima colección de iconos.

Muy cerca de Pyrgos, **Exo Gonia** y **Mesa Gonia** sorprenden con una arquitectura tradicional en blanco a la que añaden el ocre. Y no muy lejos de allí, encontramos **Firostefani**, un punto emblemático por la imagen de la iglesia de la Virgen María recortada sobre la caldera. Además de ofrecer los alojamientos más ajustados de precio de toda la isla.

La **zona de Messaria y Megalochori**, en el corazón de Santorini, alberga una auténtica colección de mansiones, arcadas y casas encaladas con buganvillas de colores. Y por si todo esto fuera poco atractivo, hay un incentivo especial para visitarla: está rodeada de viñedos y oculta bajo tierra cinco de las mejores bodegas de Santorini, además del Museo del Vino en la localidad de **Vothonas** y Canava Santorini, la única destilería de *ouzo* y *tsipouro* de la isla. Por lo tanto, si te gusta el vino, tienes que visitar esto que te digo. Es un auténtico planazo que, por supuesto, implica necesariamente una —o varias— degustaciones. Eso sí, quizá aquí debas olvidarte de la vuelta en coche y dejarlo todo planificado para regresar al día siguiente... ¿Es o no este un viaje para disfrutarlo junto a tus dieciséis mejores amigas o tu churri?

La isla que nació de una explosión

Santorini es, estrictamente hablando, media caldera volcánica, es decir, lo que quedó de la isla de Thera tras la erupción que la arrasó hace tres mil seiscientos años. El material volcánico se acumuló en alturas de hasta sesenta metros. Todo quedó sepultado, excepto otros dos extremos de Thera, lo que hoy son las islas de Therasia y Aapronisi. La destrucción de Thera fue lo que hoy llamamos una erupción supervolcánica, y similar a la del Krakatoa indonesio en 1883. El estruendo debió de oírse en el norte de Europa, y en un radio de cuatrocientos kilómetros la oscuridad se impuso durante días enteros. Y sí, ya sé lo que estáis pensando, lo mismo que algunos cazadores de mitos y otros tantos científicos de pro: que es probable que el recuerdo colectivo del horror acabara cristalizando en la leyenda de la Atlántida.

Colores patrios

¿Sabías que los colores de las islas griegas no son casuales, sino el resultado de una estrategia política? Es cierto que desde tiempo inmemorial las fachadas se encalaban en blanco porque mantenían más frescos los interiores al no absorber los rayos de sol, y que los detalles de madera se repintaban de azul para ahorrar costes, pues este era el color que les sobraba a los pescadores después de repasar sus embarcaciones, pero la combinación se hizo oficial durante la dictadura militar de 1967 en Grecia, cuando se promovió como un símbolo de patriotismo para fortalecer la identidad griega. En 1974, se estableció una ley que hacía obligatorio el pintado de las casas de las islas en este esquema cromático y, a pesar de que la regulación fue relajándose en las décadas posteriores, el uso del blanco y azul se mantuvo en la arquitectura local.

Un sabor único

Probablemente sepas la importancia que Grecia le da al vino, un cultivo que los fenicios extendieron por todo el Mediterráneo hace unos cuatro mil años. Lo que quizá no sepas es que algunas de las variedades más famosas vienen precisamente de las islas del Egeo. ¿El secreto? Su clima árido, las diferentes altitudes a que se sitúan los cultivos, un suelo de origen volcánico y unas cepas resistentes a la filoxera, el temible parásito de los viñedos. Es espectacular ver cómo crecen las vides en Santorini, a poca altura del suelo y enrolladas sobre sí mismas, como nidos, para guardar la humedad y protegerse del viento. El paisaje cercano a Pyrgos está lleno de viñedos.

El 70% de las plantaciones en Santorini son de uva blanca local, como la Assyrtiko, la Athiri y la Aidani, y la mayoría de las bodegas son pequeñas. Boutari, Art Space Winery, Artemis Karamolegos o Santo Wines son las más famosas. Todas organizan catas y algunas, incluso, talleres de cocina. Otra excusa —de las que no necesitamos— para pasar una noche más en el interior de este paraíso.

Ojos contra el mal de ojo

El ojo griego —o turco— que encontrarás por todas partes, como siguiendo tus pasos, es un amuleto contra el mal de ojo que tiene su origen en el mundo fenicio. Todas las culturas recogen el mal de ojo: cristianos, judíos, musulmanes, hindúes y budistas. Se supone que es una maldición proveniente de alguien movido por la envidia y que el talismán actúa a modo de protección. Es un buen momento para hacerte con uno, casi independientemente de que creas o no en estas cosas. Eso sí, si se te pierde o se te rompe, no lo busques ni lo repares. Aquí piensan que cuando eso sucede es porque ya ha acumulado demasiada energía negativa y, por lo tanto, ha cumplido su función.

ESCAPADA —¿O HUIDA?—
SOLA O CON LAS AMIGAS A LAS
HIGHLANDS

Valle de Glencoe, Escocia

Para todas las mujeres que se atreven a viajar solas o con amigas, aunque el viento les despeine el alma.

M.M.

Dicen que, en otoño, en las Highlands, el viento no sopla: te susurra historias de amor y desamor al oído. ¿Quién podría resistirse ante una descripción que suena a invitación? Las Tierras Altas de Escocia son el escenario de toda una saga que comenzó por Deseo concedido y que de momento no tienen fin. Quiero mucho a esta saga, porque, gracias a ella, muchas de vosotras os convertisteis en mis guerreras.

Durante años fanteseé con conocer Escocia, sus lagos, sus castillos y, por qué no, sus highlanders, y os aseguro que el día que cumplí ese sueño fue el mejor de mi vida.

LAS GUERRERAS MAXWELL

TO

ESE viaje lo hice con mis amigas y con Sandra y fue todo un descubrimiento para mí, pues no solo descubrí Escocía, sino que también me descubrí a mí misma.

Fue en otoño. Habían fallado mil cosas de la vida y tenía un puente largo por delante, además del corazón un poquito tocado, y decidí que no me quedaría en casa. Buscamos unos billetes baratos y, antes de que nos diera tiempo a pensarlo, nos plantamos en la mismísima Escocia con la maleta llena de bufandas, chocolate y la loca idea de recorrer las Highlands. Siempre he pensado que viajar es una forma de enamorarse del mundo. Y, sobre todo, de una misma. Así que decidí aventurarme en aquel escenario cargado de historia donde la naturaleza y las leyendas se mezclan con un poco de magia y un mucho de whisky.

Aquel era un viaje cualquiera. Era una experiencia para sentir, reír, llorar y soñar. Quería caminar entre castillos, perderme en la niebla, escribir junto a una chimenea y demostrar que los viajes en solitario o con amigas pueden ser profundamente románticos, sanadores y divertidos. No os voy a mentir: me esperaba paisajes de película y seductores escoceses con *kilt* en cada esquina. Y os haré un *spoiler* desde ya: lo de los escoceses cuesta un poquito más de encontrar, aunque es verdad que hay alguno que te partes el cuello al mirarlo, pero las montañas, los lagos y la sensación de estar inmersa dentro de una historia más antigua que el tiempo... no tiene precio.

Os invito a comenzar un viaje que es un auténtico bálsamo para el alma, una sanación para un corazón herido y un caldo caliente en una noche helada. Porque esto no siempre va de divertirse hasta las tantas, ni de jurarse amor eterno, ni de selfis, ni de filtros. Esto va de saber perderte para poder encontrarte, de aprender que la lluvia puede arruinarte el pelo, pero jamás el día, y de reírte cuando el viento te despeina hasta las ideas.

Siempre he pensado que los viajes son como los amores: algunos se olvidan de inmediato y otros te cambian para siempre. Pues bien, las Highlands fueron de estos últimos. ¡Este me cambió para siempre! Me regaló la certeza de que viajar es vivir, conocer, aprender. Y que si yo me lo proponía, podría con todo, como buena guerrera. Y si eso me pasó a mí, ¿por qué no te va a pasar a ti?

Así que prepara tu corazón, tus ganas de soñar y tu chubasquero, y ven conmigo al territorio que nos convirtió en guerreras. Porque la vida también se conquista con una bufanda, unas botas y un corazón valiente.

Viajar en el tiempo

Si hay un lugar en el mundo donde el pasado parece latir muy despacio, ese es Escocia. **Inverness**, la capital de las Highlands, es una ciudad amable y melancólica que sirve de punto de partida para cualquier viaje por la región. De hecho, algunas de las novelas de las Guerreras Maxwell comienzan o transcurren en Inverness. Tómate un cóctel en The Malt Room y brinda por el comienzo de tu aventura. Camina por el **Puente de Ness**, donde las aguas corren tan rápido como los recuerdos, y sonríe porque, al igual que tú, cada piedra guarda un secreto.

En el **valle de Glencoe** sentirás cómo el tiempo se detiene. ¡Es impresionante! Las montañas parecen murmurar misterios del pasado, y cuando la niebla baje, creerás ver caballeros empuñando las armas y juramentos de amor bajo la lluvia. Aisss, ¡qué romántica soy! Como curiosidad, te contaré que en los pequeños pueblos aún se respira el espíritu de los antiguos clanes. Sí, sí. De esos de los que hablo en mis novelas. Nombres como MacDonald, Campbell, Fraser, McGregor... siguen en las tabernas y en los carteles de las granjas, como si la historia no se resignara a lo que fue y quisiera seguir presente.

Para mi suerte os diré que conocí a un McGregor, eso sí, enamorado de otra guerrera, y lo que mas me gustó de él, además de su altura y su simpatía, fue el amor que sentía por su clan. Por su apellido. Por su historia. Oírlo hablar de sus antepasados, y de las historias que su abuelo y su padre le contaron, era cautivador, y más viendo el orgullo que ser un McGregor le ocasionaba.

Dicho esto, tu primera parada podría ser el **campo de batalla de Culloden**, escenario de la última gran rebelión jacobita, en 1746. Yo estuve y es impresionante. Mientras caminas por aquel entorno tan especial, es como si releyeras una historia que sigue viva: los clanes escoceses enfrentados al ejército inglés, los sueños de libertad ahogados en el barro, y ese aire solemne que parece susurrar aún los nombres de los caídos. Te aseguro que allí descubrirás que, a veces, viajar en el tiempo solo es cerrar los ojos y tratar de escuchar.

Desde aquí, puedes acercarte a **Clava Cairns**, un conjunto de tumbas de piedra de más de cuatro mil años de antigüedad. Cubiertas de musgo, se alzan formando círculos que alinean el sol del solsticio de invierno. La atmósfera es tan misteriosa que una podría jurar que el aire vibra y el vello del cuerpo se eriza. Apoya la mano en ellas, cierra los ojos y por unos instantes siéntete como una futura viajera del tiempo. Y para no sucumbir al vértigo ni a la tentación de aparecer en otra época, tendrás que hacer verdaderos esfuerzos para decidir qué es lo que te ata a tu tiempo. Y procura ser menos prosaica; no vale decir que es la calefacción, el teléfono móvil, el wifi o el WC.

Consejo Maxwell: lleva una bufanda de tartán, un termo con café, unas buenas botas y una libreta para apuntar lo que sientes. Si viajas en otoño, las Clava Cairns están casi vacías, y el silencio es parte del encanto. Disfrútalo. Vívelo. Es tu momento.

Sentirte guerrera/o Maxwell

¿Qué es ser una guerrera/o Maxwell?

Esa pregunta me la hacen mucho, y siempre respondo que ser una guerrera o guerrero Maxwell es ser una persona que en ocasiones se cae, pero se levanta. Y si se vuelve a caer, se vuelve a levantar: una y todas las veces que hagan falta. Así son las guerreras de mis novelas. Mujeres que, a pesar de que no se lo ponen fácil, dan batalla para hacerse querer y respetar. Lo que hoy en día somos nosotras.

No hace falta una máquina del tiempo para sentirse Megan Phillips o Duncan McRae. Basta con recorrer las **Tierras Altas** y dejarse llevar. En **Culloden Moor** el campo de batalla está cubierto de brezo y silencio y, si cierras los ojos, casi puedes oír los tambores lejanos de los clanes.

Pon rumbo al **Castillo Leod**, en Strathpeffer, hogar ancestral de los Mackenzie. A diferencia de los castillos turísticos, este aún está habitado y mantiene esa mezcla deliciosa de historia viva y aire romántico.

Sigue luego hacia **Glen Affric**, uno de los valles más bellos de toda Escocia. Allí, los abedules, hayas y pinos pintan el paisaje en tonos de oro y cobre. Los ciervos rojos pastan en la distancia y el agua helada y cristalina corre con ese sonido hipnótico que solo tienen los ríos del norte. Puede que no encuentres a Duncan McRae, pero allí el aire huele a tierra húmeda, el cielo cambia de color cada cinco minutos y el silencio tiene algo curativo. Es un lugar perfecto para sentirte libre, fuerte y un poco salvaje. Si llevas un termo con café caliente —y un chorrito de whisky—, este es el momento perfecto para entrar en calor y brindar mentalmente por todas esas mujeres guerreras que se atrevieron a amar más allá de su tiempo.

Jugar a ser la dama del castillo

En Escocia hay castillos por todas partes, pero ninguno tan mágico como **Eilean Donan**, seguramente el más fotografiado de todo el país. Es el castillo de Duncan y Megan. Ni qué decir tiene que Megan soy yo y Duncan es mi marido en el siglo XIII (si os comento este cotilleo, es porque cuando escribí esta novela, yo no publicaba y me la escribí para mí..., por lo que me creé a un pedazo de *highlander* a la carta, que reconozco que quita el aliento).

Eilean Donan fue construido en un islote donde confluyen tres increíbles lagos, y muchísimas veces se alza majestuoso entre la niebla. Al amanecer, cuando su envergadura se refleja sobre el agua, parece un bonito sueño suspendido en el aire. Es el lugar perfecto para haber creado la historia de amor de *Deseo concedido*, y el ideal para prometerte a ti misma que nunca dejarás de buscar aventuras. Pasea por sus murallas, asómate a sus miradores, acaricia las piedras húmedas e imagínate a ti misma recibiendo a tu *highlander* con una copa de vino, un vestido medieval aterciopelado y, por supuesto, la espada ajustada en la cintura, que para eso somos guerreras.

Si el frío aprieta, que puede pasar, entra con tus amigas en el café más cercano y pedíos un whisky solo, sin hielo. Brindad por el momento y os aseguro que ese recuerdo, en especial el del whisky anestesiando vuestras gargantas, será para siempre, porque se os quedará en el corazón. Y si ya con suerte alguien tocara el violín, sentiréis, aparte de la garganta anestesiada, que la vida os guiña un ojo por lo vivido. Por la noche, si el presupuesto te lo permite, alójate en **Kincraig Castle Hotel**, una verdadera joyita de la época victoriana. Su enorme y preciosa chimenea parece incitar a las confidencias. ¿Y quién sabe? Quizá acabéis cenando con algunos locales que os contarán historias imposibles.

Eilean Donan, seguramente el castillo más fotografiado de todo el país. Es el hogar de Duncan y Megan

Quedarte atrapada en una leyenda

En Escocia, las leyendas no se leen: se viven e incluso yo diría que hay algunas que se huelen o mastican. Viaja hasta la **Isla de Skye**, una tierra de precipicios y brumas, y visita los acantilados de Kilt Rock y el **Fairy Glen**, un pequeño valle con colinas que parecen laberintos y piedras en espiral. Dicen que las hadas celebran allí sus bailes nocturnos. Y que, si escuchas con atención, a veces el viento sopla tan suave que parece una canción.

Acércate al **Castillo de Dunvegan**, hogar del clan MacLeod. Dentro se guarda el **Fairy Flag**, un trozo de tela dorada que, según la leyenda, fue un regalo de las hadas para proteger al clan. Solo se podía usar tres veces, les dijeron, y ya se ha usado dos. Por favor, conteneos, ¡que os conozco! Contemplad el tejido antiguo, casi transparente, y pensad en todas las mujeres que habrán rezado bajo esa bandera.

Luego acércate al lugar donde nace la mayor de las leyendas, al **Loch Ness**. La tradición dice que allí vive un monstruo (entre nosotros, es Nessie). Atrévete a enfrentarlo y verás como en el interior del lago solo encontrarás tu propio reflejo. Por lo tanto, si te asustas, lo harás solo de ti. Nessie tiene cosas mejores que hacer que estar acechando a todos los turistas.

Consejo Maxwell: no conduzcas de noche en Skye. Las carreteras son muy estrechas y llenas de ovejas, además de que conducen por la izquierda. Pero no te pierdas el atardecer en el mirador de Quiraing: el cielo se vuelve violeta y parece que el mundo se detiene en ese momento, solo para ti.

Enamorarte de un paisaje

Si buscas un paisaje que se te quede grabado para siempre, adéntrate en **Glencoe**, el valle más majestuoso y melancólico de las Highlands. Yo he estado allí varias veces y, vaya las veces que vaya, me quedo maravillada. Rodeado de montañas, cascadas y niebla, fue escenario de una de las tragedias más recordadas de Escocia: la masacre del clan MacDonald, en 1692. Y, si mal no recuerdo, este famoso valle lo he nombrado en muchas de mis novelas. No te quedes tan solo con el dolor que destila por lo ocurrido a los MacDonald; abraza la belleza del presente, camina por el sendero de **Three Sisters Viewpoint** y atrévete a sentir el viento en la cara. Eso sí, échate cremita, que lo vas a necesitar.

El **Loch Shiel** guarda también una belleza antigua y serena, con los colores del bosque encendiéndose en sus aguas. Allí se filmaron algunas de las escenas de *Harry Potter*, y yo misma lo incluí en más de una escena en mis novelas, pero lo que realmente transmite magia es la paz que destila. Si es lo que necesitas, sencillamente siéntate allí, dile a las cotorras de tus amigas que se callen y respirad.

Llorar de felicidad

Procura llegar temprano a **Glenfinnan**. Allí es donde se alza el monumento jacobita que honra a los caídos por la causa escocesa. El aire huele a lluvia y brezo y puede que, a lo lejos, un gaitero toque solo para ti *The Skye Boat Song*. Si subes al mirador antes de las once de la mañana, verás pasar el tren de vapor, el mismo que cruza el viaducto en *Harry Potter*. Cruzará entre las montañas, dejando un rastro de humo blanco y desvaneciéndose después. Como un sueño.

Lleva pañuelos, porque sí, posiblemente te vas a emocionar y vas a llorar.

Si alguien no se emociona o echa alguna lagrimita, es porque no tiene alma, no se ha leído los libros de las Guerreras Maxwell o no ha visto *Outlander*. Porque la emoción, sí o sí, te embarga.

Espantar la soledad en las noches largas y frías

En otoño, las noches de las Highlands son largas. Mucho.

En **Fort Augustus**, lugar donde en el pasado vivieron algunas de mis míticas guerreras, cerca de la orilla del legendario Loch Ness, hay un *pub* pequeño con chimenea y música en directo: **The Bothy**. Allí, entre pintas de cerveza artesanal y risas de desconocidos, descubrirás que los escoceses no solo saben contar historias, sino también escuchar. Puede que no los entiendas, porque no conozcas el idioma. Pero oír sus voces y cómo cuentan sus historias..., uf, te aseguro que te hará viajar a otros tiempos y disfrutar. Déjate arrullar por las risas y por las canciones susurradas en gaélico, como si fuera una lengua rescatada del tiempo. Sentirás las mejillas encendidas por el fuego y el whisky local, y descubrirás que hay lugares donde no necesitas compañía, porque es el propio entorno quien te abraza.

Si al regresar al hotel tienes chimenea o *jacuzzi* exterior, haz una cosa: contempla las estrellas desde una bañera caliente. Es una expe-

riencia que mezcla placer, silencio y gratitud pura. Y si es acompañada, no por tus amigas, sino por quien tú elijas..., ¡ni te cuento!

Consejo Maxwell: pide un Hot Toddy —mezcla de whisky, miel, limón y clavo— en cualquier pub. Es el remedio local para el frío... y para el corazón. Eso sí, quizá luego no vayas recto y te toque caminar haciendo eses.

Un paseo para recordar

No todo tiene que ser épico o salvaje. A veces, lo más hermoso es lo más sencillo.

Pitlochry, un encantador pueblo al este de las Highlands, es un lugar perfecto para mimarse. Hay mogollón de tiendas con tartanes de distintos clanes, pastelerías que huelen a mantequilla y una destilería pequeña, **Edradour**, donde puedes probar el whisky más dulce de Escocia. ¡Cuidadín! Allí también puedes descubrir el **Enchanted Forest**, un paseo nocturno iluminado por luces de colores y música, un espectáculo sensorial que se reinventa cada noche con caminos de árboles iluminados y lagos que reflejan luces. Es como si la naturaleza

se hubiese puesto un vestido de fiesta y las hadas fueran a hacer su estelar aparición en cualquier momento.

Por el día, la caminata junto al **río Tummel** ofrece cascadas, hojas doradas y una pasarela sobre el agua donde el viento te despeina con cariño. Bueno, con cariño, cariño..., depende del día. Y el paseo del **Loch Lomond** es tranquilo, sosegado y luminoso. Ideal para respirar profundo y prometerte volver algún día, sola, con amigas, con o sin escocés de por medio.

Guerreras: siempre he creído que los viajes que te marcan no acaban al volver a casa, porque siguen en nosotras. Y para mí, cada vez que cierro los ojos y recuerdo lo vivido y disfrutado, el viaje continúa. Es un viaje eterno, que un día comencé y no sé cuándo acabaré. Por lo tanto, recuerda. Para revivir el viaje, cierra los ojos, piensa en lo vivido cuando estabas allí y disfruta. ¿A que funciona?

Seres encantados

El **monstruo del Loch Ness** no es solo una leyenda moderna. En textos del siglo VI ya se menciona una criatura acuática en el río Ness. No es fácil verla, así que, si damos por sentado que existe, seguro que es más tímida que nosotras mismas cuando menos lo necesitamos (Nessie es así).

Pero las Highlands guardan otros muchos encantamientos. El castillo de Eilean Donan tiene su propio fantasma: un soldado español muerto en 1719 que ronda las torres buscando su espada. En el castillo de Fyvie, en cambio, la **Dama Verde** aparece en plan meteoróloga, cuando va a cambiar el tiempo. ¡Lo que me gustan a mí los encantamientos!

Pero la historia que más me gusta es la de las **hadas de Skye.** Dicen que su bandera, la Fairy Flag, protegió a los MacLeod incluso en el exilio. Y que, en la Segunda Guerra Mundial, los pilotos del clan aún llevaban su foto como amuleto.

Para las viajeras más románticas

¿Qué llevar?

Ropa: capas, guantes, bufanda grande y botas cómodas. El clima en estas tierras cambia más que el humor de un *highlander.*

Música: crea una *playlist* con gaitas, *folk* y alguna canción de amor que te rompa un poquito por dentro. A veces romperse es necesario para volver a recomponerse.

¿Qué traer?

Recuerdos: una piedra, una foto o una lágrima feliz. Lo que se te quede dentro y, sobre todo, las ganas de volver a repetir.

OPERACIÓN RESCATE:
CRUCERO
POR EL MEDITERRÁNEO

Puerto de Valencia

No fue una huida, sino una parada en boxes.

Fue tal cual: una operación de rescate para una amiga, con tacones más o menos cómodos, maletas medianas y la promesa solemne de no dejar que ninguna volviera a llorar sola en un baño.

Ya sabes de lo que hablo. De ese momento en el que una se queda mirando el móvil esperando un mensaje que no llega, mientras el resto hacemos ver que hablamos del tiempo, pero en realidad estamos pensando: «Esta mujer no se merece este bajón». Y ahí, justo ahí, es cuando alguien —normalmente la más práctica o la que ya ha pasado por tres divorcios y un casi-algo— suelta la frase mágica:

—¡Nos vamos de crucero!

LAS GUERRERAS MAXWELL

TO

ERA otoño y empezaba el mal tiempo. A la mayoría les tocaba mendigar días, cambiar turnos, reorganizar planes; a otras, aparcar hijos, maridos o novios recién reestrenados. Había mil razones para dejarnos ganar por la pereza, pero no lo hicimos. Porque a nuestra edad ya no creemos en príncipes azules, pero sí creemos en amigas, en vino blanco frío y en amaneceres en alta mar. Y porque cuando el corazón se agrieta, no hay mejor masilla que un camarote compartido, confesiones a deshora y risas que empiezan flojitas y acaban escandalosas.

Por eso acabamos en un crucero.

No porque fuera lo lógico, sino porque era lo exagerado.

Porque cuando el dolor es grande, y el de mi amiga lo era, en ocasiones, las soluciones pequeñas no sirven.

Éramos un grupo de mujeres entre los cuarenta y los cincuenta y tantos, con cicatrices bonitas, ganas de vivir y la firme intención de recordarle a una de las nuestras —y de paso a todas— que el amor puede doler, pero la vida, como nosotras, sigue estando pero que muy buena.

Y hay que hincarle el diente.

Así empezó todo. Con un billete, un brindis previo y la sensación de que ese viaje no iba a ser solo geográfico.

Spoiler: no lo fue.

Toma aliento en Valencia

Valencia nos recibió como solo ella sabe hacerlo: con luz, con ese olor a sal mezclado con ciudad viva y con un puerto que parecía decirnos «tranquilas, chicas, yo me encargo del resto».

El puerto estaba precioso, de postal, con ese sol que parece despedirse con cariño, pero nosotras íbamos algo tensas, cargadas de maletas y emociones mal dobladas.

Subir al barco fue ya toda una declaración de intenciones. Nosotras, tan monas, tan arregladas, tan convencidas de que aún lo tenemos todo

por delante, aunque a una le temblara un poco el pulso y a otra se le escapara una lágrima justo cuando sonó la sirena de salida.

No te voy a engañar: lloramos. Pero lloramos juntas. ¿Por qué? ¡No lo sé! Pero el caso es que lloramos y reímos al mismo tiempo y eso nos comenzó a destensar. La primera copa cayó antes de zarpar. La segunda, cuando vimos cómo el *skyline* se iba alejando. Y la tercera..., bueno, la tercera fue por el ex, por el casi-algo, por el «te mereces más» y por el «estamos aquí». Y, venga, siendo sincera, también por el «que le den». Todas nosotras brindamos por lo que fue, por lo que no pudo ser y, sobre todo, por lo que aún no sabíamos que nos iba a pasar. O mejor dicho, ¡por la cantidad de cosas bonitas que estaban por llegar! Que yo soy de ver siempre el vaso medio lleno.

Esa primera noche cenamos como si estuviéramos en una de esas películas antiguas de grandes cruceros, con mesas enormes, camareros que parecían sacados de otra época y un capitán que nos dedicó una sonrisa de esas que hacen pensar «ojo, que aquí puede pasar cualquier cosa».

Spoiler número dos: no pasó.

Esa noche bailamos poco y mal.

Mirábamos alrededor como quien llega a una fiesta demasiado pronto.

Pero aun así, cuando el barco empezó a moverse y la ciudad se quedó atrás, algo se aflojó por dentro, como si el dolor no supiera nadar tan lejos.

Aquella noche, antes de dormir, una de mis amigas dijo en voz baja:

—Creo que este viaje nos va a cambiar.

Y nadie la contradijo.

Desmelénate en La Goulette

Túnez nos recibió con olor a especias, bocinas que parecían hablar entre ellas y un sol que podría llevar allí desde la estación anterior. **La Goulette** es así: directa, caótica, intensa... como esos amores que te pillan desprevenida y de los que hay que huir. O no. Bajamos del barco convencidas de que éramos mujeres cosmopolitas, curtidas, capaces de movernos por cualquier puerto del Mediterráneo. La sensación nos duró diez minutos. Los suficientes para que una se enamorara de un pañuelo, otras se metieran en un zoco como si fuera su hábitat natural y otras desaparecieran siguiendo a un hombre que juraba que su primo tenía «la mejor tienda de toda Túnez».

Nos reímos mucho. Regateamos fatal, compramos cosas que no sabíamos para qué servían y acabamos sentadas en una terraza bebiendo algo frío —aquí no alcohol, *madame*— mientras una de nosotras —la del corazón tocado— al tocarse los pendientes rompía a llorar desconsoladamente sin previo aviso. No fue un drama. Fue un desahogo bonito. De esos que llegan cuando el calor afloja las defensas.

La abrazamos sin decir nada porque a veces no hace falta hablar. Basta con estar. Y justo cuando parecía que el momento no podía ser más tierno e incluso los camareros nos miraban con ternura como si estuvieran siguiendo la trama de un culebrón turco, alguien gritó:

—¡El barco!

Corrimos. ¡No podíamos perderlo!

Como si tuviéramos veinte años menos y ninguna dignidad que perder, corrimos como gacelas (tú ya me entiendes). Con bolsas, las sandalias en la mano, con risas histéricas y la sensación clara de que, si nos dejaban en tierra, tampoco pasaba nada. Pero no. Llegamos. Justas. Jadeando. Despeluchas. Aplaudidas por la tripulación como si aquello formara parte del espectáculo. ¡Qué momentazo!

Cuando subimos, sin aire y con las piernas temblando, mi amiga, la que había llorado, se dobló de risa y dijo que hacía meses que no se sentía tan viva, y eso nos gustó.

Esa noche bailamos. Sin pudor. Sin coreografía. Sin importarnos quién miraba. Bailamos como bailan las mujeres que ya no tienen que demostrar nada, que son libres y seguras, pero que todavía disfrutan siendo miradas. Y cuando de madrugada, en el camarote, una se vino abajo, porque el recuerdo apareció sin avisar, nos sentamos en el suelo hasta que las lágrimas se secaron solas. Porque sí, somos locas, pero muyyy lloronas.

Disfruta en Palermo

Palermo fue un golpe directo al estómago. En el mejor sentido. Colores, ruido, vida, ropa tendida, mercados que parecen gritarte «vive, mujer, vive». Y nosotras, que veníamos un poquito tocadas, unas más que otras, empezamos a sentir hambre de todo. De comida, sí. Pero también de risas nuevas. De miradas. De historias que no dolieran.

Paseamos entre iglesias barrocas, mercados caóticos y fachadas que parecían a punto de derrumbarse, y entendimos que hay lugares donde la belleza no es ordenada, sino apasionada, y que quizá la vida también puede ser así.

Comimos como si no hubiera mañana. Bebimos *prosecco* es-

¡No dejes de probar los cannolo!

carchado mientras alguien contaba su versión —la real, la sin filtros— de su última relación. Hubo confesiones que nunca se habían dicho en voz alta. Y cosas que solo se cuentan cuando sabes que no te van a juzgar. Solo a escuchar.

Y luego pasó. Porque siempre pasa cuando nos dejamos llevar: llegó un baile improvisado en una plaza. Música que no sabíamos de dónde salía. Un desconocido con sonrisa fácil y manos respetuosas. Y nuestra amiga —sí, la que venía rota— sonriendo sin culpa por segunda vez en meses, disfrutaba.

Aquel momento no fue nada. Y fue todo.

Fue recordar que aún podía gustar. Que aún podía sentir cosquillas. Que aún se quería a ella misma y que el deseo y las ganas de vivir no se habían ido, solo estaban dormidos.

Esa noche, de vuelta en el barco, cenamos con el capitán. O algo parecido. Nos sentaron en una mesa elegante, nos trataron como damas de otro tiempo y nosotras jugamos a serlo... durante veinte minutos. Luego llegaron las risas, las bromas, las copas de más y los comentarios inapropiados que solo se permiten cuando ya has vivido lo suficiente.

Spoiler 3: realmente lo que pensaran nos importaba tres pepinos.

Cuando el capitán de verdad —un italiano maduro, con botones dorados y casaca blanca— vino a saludarnos, ya teníamos las mejillas encendidas y nos reíamos como adolescentes. Él alzó una copa, no sé si simbólica, y recuerdo haberme preguntado si habría controles de alcoholemia en el mar. Si los había ¡estábamos perdidas!

—*Per le donne piu belle* —dijo el capitán.

Tras mirarnos entre nosotras brindamos, pero no por las mujeres más bellas, sino por las mujeres más listas, resistentes y guerreras; las que eligen reír siempre, aunque la vida no se lo ponga fácil.

Vibra en Nápoles

Nápoles no se visita. Nápoles se sobrevive. Y se ama. Y se odia un poco. Como los grandes amores mal gestionados.

Nada más poner un pie en tierra sentimos ese desorden maravilloso que te obliga a soltar el control. Motos que pasan rozándote, voces que parecen discusiones eternas, ropa colgada como banderas de guerra doméstica y ese olor..., madre mía, ese olor a pizza que te reconcilia con la vida.

Caminamos sin rumbo, riéndonos de todo y de nada, hasta que la amiga por quien habíamos hecho aquel viaje se quitó el jersey que llevaba y, al hacerlo, sintió como un pendiente se le caía. Ahí comenzó la «Operación recuperar el puñetero pendiente», que no tenía valor real, pero si emocional. Lo buscamos. Nos agachamos en poses poco ortodoxas. Nos desvivimos por encontrarlo por el suelo e incluso algún transeúnte se acercó a echar una mano. Al final pedimos ayuda a los *carabinieri*, mintiendo un poco y diciendo que era de oro con diamantes, e incluso interrumpimos el tráfico, pero nada, el puñetero pendiente no apareció.

Y ahí pasó algo. Algo que nos sorprendió. Nuestra amiga de pronto nos miró y dijo:

—¿Sabéis qué? ¡Que le den al pendiente!

Y entonces sonrió y sonreímos. Nuestra amiga acababa de soltar lastre y eso era ¡genial!

Spoiler 3: ligoteamos con los *carabinieri*. Alguno era mínimo.

Acabado el momento pendiente y tras despedirnos de los guapos *carabinieri*, subimos hacia el **Vesubio** como quien sube a mirarse por dentro. Ese volcán enorme, aparentemente tranquilo, nos recordó que lo dormido no está muerto. Que dentro seguimos teniendo fuego. Y ganas. Y derecho a volver a empezar.

Bajamos con hambre. De pizza. Y de vida. Comimos con las manos, bebimos cerveza fría y esa noche fue la primera que nadie lloró. Bailamos hasta tarde. Sin desconocidos esta vez, solo nosotras. Cantando mal. Riéndonos peor. Y cuando llegamos al camarote, nos abrazamos como si aquel lugar fuera el lugar más seguro del mundo, simplemente porque nosotras estábamos ahí.

Párate en Livorno

Livorno fue bajar el volumen. Desde allí fuimos a **Florencia** y todo se volvió más lento, más bonito, más silencioso.

Florencia nos recibió con una belleza que no abruma. Caminamos por calles que parecían pensadas para que nadie tuviera prisa, cruzamos el Ponte Vecchio con ese gesto inevitable de apoyarte un segundo en la barandilla, no para hacerte la foto, sino para mirar el agua y pensar en absolutamente nada.

Entramos en iglesias, en museos, en plazas enormes donde el mundo parecía estar en equilibrio. Nos sentamos en el suelo, comimos algo sencillo, hablamos de nuestras vidas antes del desastre. Y ahí pasó algo clave: mi amiga habló de sí misma sin hablar de él. No porque lo evitara, sino porque ya no ocupaba todo el espacio. ¡Otro momentazo!

Comimos bien. Bebimos mejor. Y en un pequeño restaurante, entre risas suaves y copas medidas, hicimos una promesa: no volver a quedarnos donde no nos eligen, porque como decían en *Memorias de África:* «Sabio es aquel que escapa de allí donde la gloria no perdura».

O sabia, en este caso. Que mi amiga, aparte de maravillosa, es muy sabia.

Volvimos al barco temprano. Cansadas. Serenas. Y esa noche no hubo locuras. Hubo charla lenta, mantas en las tumbonas de cubierta y estrellas que parecían escucharnos.

Pierde el control en Marsella

Marsella nos devolvió el descaro. Quizá fuera solo el ajetreo del puerto, el viento, el acento francés y esas calles que te invitan a perderte... en todos los sentidos.

Desde el puerto viejo todo parece mezclado: barcos antiguos y modernos, gente de todas partes, voces altas, vida real sin barnizar. Aquí no hay delicadeza impostada, sino carácter, y eso nos vino bien porque ya estábamos preparadas para otra sacudida.

Subimos hasta **Notre-Dame de la Garde** y desde allí miramos la ciudad como se miran las cosas importantes: con distancia. El mar abajo, la ciudad extendida, el ruido reducido a un murmullo lejano... Mi amiga se quedó callada un rato largo que todas respetamos. No estaba triste. Solo pensativa. Y es que a veces sanar se parece mucho a eso.

Después bajamos sin demasiado plan, caminando, dejándonos llevar, hasta que acabamos en una playa casi por accidente. Y ahí, como si alguien hubiera dado la orden sin decir nada, nos quitamos los zapatos. La arena estaba tibia, el agua fría, y en algún momento apareció música —nunca recordamos de dónde— y empezamos a bailar. Mal. Sin ritmo. Sin coordinación. Entre risas, fotos y una conversación absurda con dos franceses encantadores. Y de pronto:

—Chicas..., ¡el barco!

Corrimos. Otra vez. Como en Túnez, pero con más cansancio y menos resuello. Llegamos por segundos. Con el corazón a mil y la certeza de que este viaje ya era inolvidable. Eso sí, esta vez nadie nos aplaudió.

Los oficiales de a bordo nos miraron muy serios, como si nuestro retraso hubiera puesto en peligro toda la logística del Mediterráneo. O como si no supieran muy bien cómo regañar a ese grupo de mujeres maduritas que parecía de vuelta de todo y que ya era la segunda vez que casi perdía el barco.

Esa noche, durante la cena, brindamos por nosotras. Por las que estábamos, por las que nos faltaron y por la que ya estaba sanando sin saberlo.

Recolócate en Barcelona

Barcelona fue el punto medio perfecto entre la euforia y regresar a la realidad. El comienzo de una suave despedida.

Caminamos por el Barrio Gótico, nos perdimos un poco, entramos en bares pequeños, compartimos platos y acabamos sentadas frente al mar, como si lo echáramos de menos. Hablamos de futuro. Y nuestra amiga, la que había empezado el viaje llorando con desconsuelo, sonrió y dijo:

—Nunca habría imaginado que navegar fuera la mejor manera de no hundirme.

Vale. Escuchar eso nos emocionó a todas. Es más, casi lloramos, pero no lo hicimos. Simplemente nos abrazamos y reímos.

Cuando el barco regresó a Valencia, ya no éramos las mismas. Fue extraño porque era el mismo puerto de la misma ciudad, pero ya no era la misma historia. No porque todo estuviera resuelto. Que no. Pero, como digo, regresamos diferentes.

Volvimos a casa con resaca emocional, con anécdotas imposibles de olvidar y con la certeza de que cuando una se cae, las demás estamos para hacer de bastón —y de piña— y nunca vamos a fallar.

Y eso, guerrera y guerrero, eso sí que es amor. Y del bueno.

Spoiler 5: mi amiga hoy es tremendamente feliz junto a alguien que le suma y no le resta. Y yo durante un tiempo me mensajeé con un *carabiniere*, pero la cosa finalmente se quedó en *ná*.

Qué llevarte a un crucero (y dónde meterlo todo)

Vamos a aclararlo desde el principio: a un crucero no se va con una maleta, se va con una actitud. Pero como la actitud no cabe en el equipaje de mano, aquí va la versión práctica... con cariño y algo de experiencia acumulada.

La maleta

Nada de heroísmos. Ni los baúles de las damas del *Titanic* ni nostalgias mochileras. El término medio es exactamente este: maleta rígida, de tamaño mediano y con ruedas que giren bien. Vas a arrastrarla por pasillos infinitos, camarotes compactos y puertos a los que siempre llegarás tarde. Si pesa poco y se mueve sola, mejor. Y mete dentro otra bolsita plegable: siempre vuelves con más cosas de las que te llevaste. Siempre.

Ropa «por si acaso» (que luego usas toda)

Llévate vestidos ligeros que no se arruguen ni aunque los mires mal. De día, ropa cómoda para caminar y sentarte en terrazas sin pensar en nada más. De noche, algo bonito que te haga sentir estupenda, aunque solo sea para bajar a cenar. Una cazadora vaquera de día, un *blazer* oscuro para vestir. No hace falta ir de gala, pero tampoco de batalla.

Un fular (o varios) es algo imprescindible: sirve para taparte del aire, arreglar un *look* aburrido, taparse los hombros en algún templo italiano o una mezquita tunecina o improvisar *glamour* cuando el capitán aparece por sorpresa.

Zapatos: el verdadero drama

Dos pares cómodos. No negociable. Y uno bonito, solo uno, para bailar sin pensar. Si te llevas tacones imposibles, que sea bajo tu propia responsabilidad emocional. El barco no perdona.

El neceser honesto

Protector solar (del bueno), crema hidratante (el mar reseca), pintalabios rojo o *nude* —el que te haga sentir poderosa—, rímel (muy *waterproof*, por favor) y tu perfume favorito. Oler bien en un crucero es parte de la experiencia. Y no olvides algo para el pelo: la humedad tiene planes propios para él.

El «kit básico»

Un minibotiquín (ibuprofeno, tiritas, tapones de oídos), un bolso pequeño para las excursiones y una bolsa de tela para compras improvisadas. Ah, y una libreta o notas en el móvil: en los cruceros se dicen cosas que merece la pena recordar... o reírse de ellas después.

Y lo más importante

Déjate espacio. En la maleta y en la cabeza. Para las risas inesperadas, para las confidencias nocturnas, para ese baile o esa persona que no estaba en tus planes. Todo ello es parte de tu viaje, ¡no lo olvides y disfrútalo! Forma parte de la experiencia.

Frases míticas que se dicen en un crucero (y que siempre siempre se cumplen)

Hay frases que solo existen en los cruceros. No vienen en el programa de actividades, pero se repiten viaje tras viaje con una precisión inquietante. Si no las dices tú..., las dice alguien de tu grupo. Seguro.

«Nos da tiempo, tranquilas».

Mentira. Nunca da tiempo. Y cuando alguien la pronuncia, el barco ya está tocando la sirena. Sé la amiga que mete prisa. Te odiarán dos minutos y te lo agradecerán toda la vida.

«Una copa más y nos vamos a dormir».

Traducción: vamos a pedir otra ronda y luego ya veremos. Siempre podremos echarle la culpa al mar por el mareo.

«Mañana madrugamos».

Dicho siempre después de bailar hasta las tantas. Jamás se cumple. Y si se cumple, es con antiojeras, gafas de sol y dosis extra de ibuprofeno.

«Yo nunca me mareo».

Frase peligrosa donde las haya. El mar te escucha y actúa en consecuencia. Tiene su orgullito. Por lo que llevar algún antimareo ¡nunca está de más!

«No voy a comprar nada».

Sabes que vas a comprar hasta la bolsa donde meter todas tus compras nuevas, ¿verdad?

«Este chico es muy majo».

Inicio oficial de una de esas anécdotas que acaba en risas... o en historia para no contar en casa.

«Quedaos si queréis. Yo bajo un momento».

El momento: dos horas, tres bares y una conversación profunda con una desconocida en un idioma que no es el de ninguna de las dos.

«¿Dónde hemos dejado a...?».

La pregunta que activa inmediatamente la búsqueda del tesoro por todo el barco. Y rezad porque sea en el barco.

«Esta noche, tranquilita».

La noche menos tranquila del crucero, sin excepción.

«Tenemos que repetir esto».

Dicho el último día, con emoción y resaca. Poned fecha inmediatamente al siguiente viaje antes de que la vuelta a la realidad os absorba.

DESTINO SOÑADO: HAWÁI

Volcán Haleakala

Hawái era un viaje soñado desde hacía muchísimo tiempo. Uno de esos nombres que resuenan desde siempre. Un clima perfecto, esa colección de paisajes idílicos que ves en Lost, Jumanji o Piratas del Caribe y que te sirven como inspiración para tus escenas y el lugar al que aspiras a ir en algún momento de tu vida... Así que cuando me llegó una invitación de un alguien especial que estaba conociendo para acompañarlo a un viaje de trabajo a Hawái, me sorprendí.

¡Ir a Hawái era mi gran sueño!

Reconozco que dudé un poco. ¿Acepto? ¿No acepto? No quería que pensase que me moría de ganas de ir con él. Pero ¿a quién quería engañar? Me moría de ganas de ir con él y, sobre todo, de ir a Hawái. ¿De verdad tengo que ponerme a darme excusas a mí misma a esta edad? Por lo tanto, ¡acepté!

Las Guerreras Maxwell

TO

TODO el que me conoce un poquito sabe que me encanta viajar con amigas. Yo soy de charlas nocturnas, confesiones tempranas, cafés largos y compartidos y tardeos de vinos en los que cabemos todas y alguna más que adoptemos, pero esta era una ocasión especial y me di cuenta de que el simple hecho de pensar en viajar en pareja me producía algo de vértigo, sí, pero también una excitación (casi) nueva. Me apetecía ver cómo nos compenetrábamos y para eso, queridas, nada mejor que un viaje. Así que nada, en la salud y en la enfermedad, en la pobreza y en la riqueza, en Madrid... y en Hawái. A ver si esto funciona.

Spoiler de los gordos: en Hawái funcionó. En Madrid, no.

El primer inconveniente fue llegar. Yo pensaba que viajar a un archipiélago paradisiaco pero civilizado sería sencillo. Ingenua de mí. Antes de salir de España tuvimos que rellenar formularios, asegurar que no teníamos intención de matar al presidente de los EE. UU., renovar pasaportes, solicitar el ESTA, contratar seguros de viajes y lidiar con esa sensación constante de «¿seguro que no me falta algo importantísimo?». Imprimí documentos que nadie nos pidió, revisé correos compulsivamente y cerré la maleta con la seguridad falsa de quien cree tenerlo todo bajo control.

El vuelo fue largo. Muy largo, con escala en San Francisco incluida. De esos en los que te da tiempo a verte tropecientas películas, a dudar de tus decisiones vitales y a pensar si no habría sido mejor comenzar por un viaje a Burgos. Pero entonces el avión empezó a descender, apareció el Pacífico, de color azul infinito, y él, alias «el churri», apretó mi mano y supe que aquel viaje, pasara lo que pasara, merecería la pena.

Déjate abrazar por Oahu

Oahu es la isla más conocida, la más visitada y, probablemente, la más contradictoria. Aquí está **Honolulu**, la capital, y la famosa playa de **Waikiki**, donde los rascacielos conviven con surfistas descalzos y turistas felices. Pasear por su avenida principal, rodeada de banianos o higueras de Bengala, es un ejercicio constante de contraste: tiendas de lujo, músicos callejeros, flores en el pelo y el Pacífico siempre al fondo,

recordándote lo lejos que estás de casa. Había multitud de tiendas para comprar los *souvenirs* más disparatados, a las que, por supuesto, me lancé, y restaurantes para todos los presupuestos. Nos decantamos por uno medio; era el primer día y merecía la pena celebrarlo.

Entre actos de promoción de su trabajo, presentaciones y sonrisas profesionales, fuimos robando minutos para observarlo todo con la ilusión de dos niños pequeños. En uno de esos eventos me dirigí a un señor elegantísimo y superatractivo, vestido de negro, que parecía estar pendiente del *catering*, y le pedí una copa con mi mejor sonrisa mientras el churri me miraba con algo parecido al terror. ¿Qué le pasaba? Enseguida supe por qué me observaba así. Mi interlocutor me sirvió la copa, encantador, y solo luego me explicó que era uno de los organizadores principales del evento, el anfitrión, por así decirlo. Aquel hombre se rio mucho con mi «deliciosa espontaneidad», como calificó educadamente a mi despiste. Mi pareja también rio al ver el buen humor de aquel. Yo, un poco menos. Y lo gracioso fue que el churri se lo contaba a todo el mundo con humor después de eso... y debo reconocer que mi metedura de pata sonaba más graciosa según iba pasando la noche.

Al atardecer, **Waikiki** se llenaba de luces y música. Cócteles con ron local, piña y nombres imposibles, conversaciones largas y futuros entrevistos sin necesidad de prometer nada. Había bailes de *hula* en la playa y, en el cielo, los fuegos artificiales que el Hilton Waikiki ofrecía todas las noches. La vida parecía una fiesta perpetua. Todo era ligero, todo era agradable. Sin expectativas. Y así, curiosamente, todo fluía mejor.

Siéntete sirena

Hanauma Bay fue una de esas experiencias que se quedan grabadas en la piel. Una playa dentro de un antiguo cráter volcánico abierto al mar, con una vida marina tan exuberante que parecía la segunda parte de *Avatar*. Es tan accesible que hay un trenecito que te lleva desde el *parking* a la arena, por si no deseas —o no puedes— caminar. Nosotros caminamos, pero eso sí, antes de entrar, nos obligaron a ver un vídeo sobre cómo respetar el coral para que no pudiéramos decir que no sabíamos lo que no se podía hacer bajo el agua. Aquí no se viene a invadir, se viene a mirar.

Con mis gafas de esnórquel y mi dignidad en entredicho, me lancé al agua, junto a mi churri y a un paciente monitor dispuesto a guiarnos en nuestra experiencia submarina. Peces amarillos, azules, rayados, corales que parecen jardines secretos... Él alucinaba mientras yo trataba de decidir si aquello era disfrute o pura supervivencia. En algún momento un tranquilo pez pasó tan cerca que noté su roce en mi piel y solté un grito lleno de burbujas bajo el agua. No sirvió de nada; de hecho, ni el monitor ni mi churri se giraron siquiera. Vamos, literalmente, si el pez me come, no se habrían dado ni cuenta.

Poco a poco, cuando me tranquilicé tras lo ocurrido, sentí que mi respiración latía al ritmo del océano, o quizá fuera que, de alguna manera irracional, trataba de ahorrar aire y no me llegaba oxígeno al cerebro. Da igual. La sensación de desafiar a la gravedad y de observar un universo nuevo en todas sus dimensiones fue real y alucinante. Salí agotada, empapada y rondando la euforia hasta tal punto que me planteé apuntarme allí mismo a un curso de submarinismo. Se me pasó enseguida, pero pensé que quizá viajar también va de esto: de probar cosas que no dominas y descubrir que el miedo, cuando te atreves a cruzarlo, es siempre mucho más pequeño.

Persigue tortugas (y surfistas)

La costa norte de Oahu es otro mundo. Más salvaje, más auténtico. En **Haleiwa**, que ha llegado a albergar campeonatos de surf a nivel mundial, todo gira alrededor de este deporte: furgonetas, tablas apoyadas en cualquier pared, melenas con mechas desteñidas y cuerpos dorados por el sol, como en un muestrario de bañadores. Me planteé si no sería un programa para atraer al turismo. Porque, madre mía, ¡qué cuerpos! ¡Qué hombres! ¡Qué bonitas tablas de surf! Entre nosotros, creo que, en ocasiones, tanto mi acompañante como yo miramos más de lo necesario. Pero ¿cómo no hacerlo? Finalmente, con complicidad, nos reímos juntos y decidimos hacer un *ranking* de bellezas locales. Yo acerté con su chica diez. Él, no sé bien por qué, me eligió un surfero de pelito corto y carita de intelectual, que parecía recién aterrizado en ese mundo... ¡Cuando a mí me volvía loca uno madurito, de melena larga y desteñida, que me recordaba a Bon Jovi!

En Oahu el tiempo va más despacio. Vimos tortugas enormes descansando en la arena de **Laniakea**, me quedé hipnotizada con las olas de **Waimea Bay** y subimos hasta **Ehukai**, un antiguo búnker, para observar la isla desde arriba. Habíamos alquilado un coche para no depender de los transportes locales y lo agradecimos. Es un privilegio parar cuando te apetece, comer en *food trucks* improvisados y sentir que no tienes prisa porque eres tú quien dirige tu tiempo.

En uno de ellos pedí algo de nombre impronunciable cuya foto parecía una parrillada de verduras, convencida de que sería ligero. Me trajeron un plato contundente, caliente y delicioso, eso sí, ¡de ligerito nada!, tras el que era absolutamente imprescindible, como mínimo, una hora de siesta. Mi guapo chico se moría de risa mientras picoteaba su ensalada, él muy sano, pero yo no torcí el gesto y sonreí como si aquello fuera exactamente lo que esperaba.

Aquí aprendí que el ridículo, cuando se lleva con dignidad, pesa menos.

Recuerda en Pearl Harbor

No todo en Hawái es ligereza. Había ido dispuesta a disfrutar de los pros y los contras. Y qué contras. Ni siquiera recordaba que **Pearl Harbor** se encontraba en el archipiélago. El simple hecho de conducir hasta allí me obligó a bajar el tono, como se baja la voz al entrar en un templo. Este puerto natural se hizo famoso después del ataque que la flota norteamericana recibió en 1941 por parte de la armada japonesa y por el papel que jugó la trágica respuesta de Estados Unidos que, paradójicamente, terminaría desencadenando en el fin de la Segunda Guerra Mundial.

Visitar el memorial del USS Arizona, ver el barco hundido bajo el agua, escuchar las historias... es un auténtico golpe de realidad. La entrada es gratuita, pero es imprescindible reservar a través de su web con sesenta días de antelación para entrar, cosa que, como os podéis imaginar, no habíamos hecho. Pero tuvimos suerte. Alguien nos contó que cada día, a las siete de la mañana, se repartían mil quinientas re-

servas para el mismo día —un premio a los madrugadores— y allí nos plantamos bien tempranito. De hecho, os confesaré que ni siquiera dormimos ;). Y fue un auténtico acierto.

Salimos en silencio. Yo cargaba con un nudo en la garganta y la sensación de que viajar también implica hacerse cargo de la memoria. No tomé ni una sola imagen. Hay sitios que se te graban en la mente de tal modo que cualquier otra manera de llevártelos contigo parece algo irrespetuoso.

Piérdete en el edén

El **Jardín Botánico Ho'omaluhia** fue una de las grandes sorpresas del viaje. Es una carretera serpenteante rodeada de selva, que bordea toda la caldera volcánica, con miles de tonos de verde a diferentes alturas y una calma casi irreal, pese a los coches y los senderistas que habíamos visto al acceder a ella. Nos dieron un mapa con infinitas posibilidades

para perdernos y entendí perfectamente que el archipiélago hubiera albergado la grabación de la serie televisiva *Lost* y que esta se hubiese extendido durante tanto tiempo. Del final de la serie, ¡mejor no hablar! Durante ese viaje, paramos el coche varias veces solo para respirar y para llenarme los ojos de esa humedad y recordarla cuando en Madrid estemos a cuarenta grados en verano.

Allí entendí que Hawái no se visita, se escucha. Y que el silencio también forma parte del paisaje.

Recorre sin prisa

Maui es curvas, cascadas y asombro constante. La carretera a **Hana** es una sucesión de puentes, lluvia inesperada y paradas improvisadas mientras te deslizas por una de las partes más salvajes de la isla. Es imprescindible aprovechar toda la luz del sol. Madrugar merece la pena; tanto como aceptar que no se puede ver todo. Eso sí, lo que no veas a la

ida lo verás a la vuelta, porque ambos tramos —a no ser que asfalten la pista del sur— se hacen por el mismo sitio.

Plantearse ver las **Waimoku Falls** implicaba un auténtico *trekking* para el que no me sentía psicológicamente preparada, así que hasta allí llegó nuestro *road trip*. Decidimos dejar la idílica variante para alguna otra ocasión y aun así nos tocó volver de noche y con los parabrisas barriendo la lluvia del cristal. Si nos hubiese salido al paso uno de los bichos de *Jurassic Park*, no me habría sorprendido en absoluto.

Ver amanecer en el volcán **Haleakala** fue uno de los momentos más sobrecogedores del viaje. Abrigada hasta las orejas, notando su corazón contra mi espalda, viendo el sol elevarse sobre un mar de nubes..., fue increíble, y sentí que estaba allí porque me lo merecía. Una vez más era necesaria una reserva con una antelación. Y una vez más tuvimos suerte. ¿Casualidad o todo se sincronizaba para que aquel viaje fuera mágico? No vimos amanecer estrictamente hablando porque no podíamos acceder a las tres de la mañana como los turistas previsores, pero sí a las siete, lo que, además de parecerme mucho más civilizado

(¿dónde va a parar?), nos permitió ver nuestro entorno con cierta luminosidad y paladear mi termo de café como una estadounidense cualquiera. Aquí la entrada no es gratis, hay que pagar el acceso al Parque Nacional, salvo que tengas la tarjeta anual de los Parques Nacionales de EE. UU., que no era nuestro caso, la verdad.

Relájate al sol

Todas las islas de Hawái tienen playas espectaculares donde tumbarse a coger bronceado, como hacen los protagonistas de mi libro *Los príncipes azules también destiñen*. Broncearse es la actividad por excelencia, a no ser que seas un loco del surf, que no era nuestro caso. Eso sí, la playa de Maui es increíble para ello. Además de surfear, es uno de los lugares de paso de las ballenas jorobadas, que llegan hasta aquí en su camino desde Alaska a probar aguas más cálidas, que parece que les son más gratas a la hora de pensar en reproducirse.

La época buena para verlas, incluso desde playas o miradores, va de diciembre a mayo, pero los meses más propicios son enero y febrero. Puedes contratar una excursión para acercarte —respetuosamente— a los distintos grupos familiares, pero salvo que quieras darte el capricho de verlas tan de cerca, no hay ninguna necesidad: te aseguro que se ven desde la carretera que bordea la costa. Simplemente detén tu coche en un punto seguro y quédate a mirarlas. Sus siluetas recortadas al atardecer proporcionan un espectáculo increíble. Y si las escuchas, te sentirás como si te estuvieran haciendo partícipe de algún secreto cósmico.

La isla de **Molokai** se encuentra cercana a la de Maui. Es mucho más pequeña. Se puede llegar hasta ella en ferry desde Maui y también en avión desde los distintos aeropuertos de Hawái. Nos acercamos hasta ella, pero apenas nos dio tiempo a conducir por el Valle de Hālawa y asomarnos al Kalaupapa National Historical Park. Molokai es más discreta y alberga mucha más población nativa. Fue aquí donde viví una de esas mañanas de resaca amable, después de una cena improvisada junto a varios de sus compañeros de trabajo que estaban conociendo la isla cóctel a cóctel. Demasiado *mai tai* y demasiadas risas.

Me levanté con un resacón del quince, mientras mi churri estaba como una rosa. Con el mayor de los disimulos, bajé a desayunar con gafas de sol, fingiendo absoluta normalidad y agradeciendo que allí nadie me conociese. Y supe que ese cansancio feliz también era parte del viaje.

Observa desde arriba

Big Island es inmensa, poderosa y profundamente espiritual. En realidad, se llama Hawái, pero la llaman Big Island para no confundirla con la denominación del estado al que da nombre. Desde la erupción del Kilauea en 2018 ya no hay ríos de lava ardiente desembocando en el mar, pero en **El Parque Nacional de los Volcanes** podemos hacernos una ligera idea de cómo es todo cuando la isla se enciende. Aquí el paisaje parece extraído de otro planeta: lava solidificada, vapor, silencio. Es un lugar donde parece que por fin es la tierra quien manda.

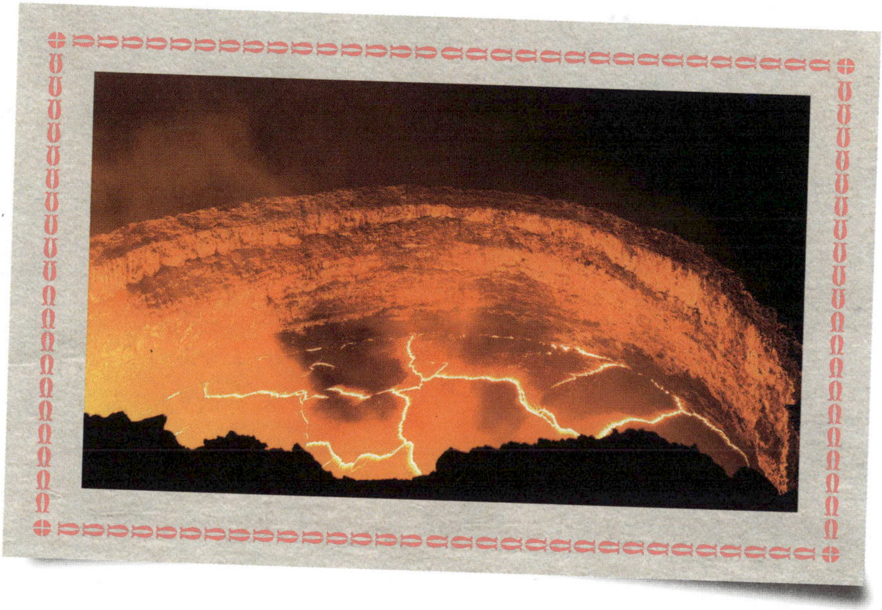

El punto más alto de todo Hawái es el **Mauna Kea**. Se alza más de cuatro mil doscientos metros sobre el nivel del mar y es un volcán venerado por los hawaianos. Se puede subir hasta casi la cumbre en un cuatro por cuatro —a no ser que corten la carretera por mal tiempo— y las vistas están cien por cien garantizadas. Eso sí, los que ya lo hayáis vivido en el Teide recordad que en una isla volcánica se puede pasar de la playa a la nieve en dos o tres horas y que esto está unos cientos de metros más arriba aún. No os relajéis. Llevad el depósito lleno, ropa de abrigo, agua, algo de comida y recordad que es recomendable aclimatarse durante unos treinta minutos en el centro de visitantes antes que arriesgarse a sufrir mal de altura. Nosotros nos preparamos como para subir al Everest y, arriba, con el aire frío constante en las mejillas, nos abrazamos. Bueno, más bien viví mi momento *Titanic*, pero sobre la cumbre del Mauna Kea. Algo más original, pero muy muy romántico, ¡no digo más!

Sueña con Kauai

Kauai fue eso. Un sueño fugaz. La Isla Jardín, la llaman. La más virgen, la que dicen que enamora sin remedio. Los organizadores nos llevaron en una excursión que aprovechamos al máximo. En **Nā Pali** hay acantilados de más de mil metros de altura que parecen albergar aún la morada de algún dios salvaje y primigenio. Y en **Waimea**, el Gran Cañón del Pacífico, que tuvimos el privilegio de sobrevolar en helicóptero. Fue como si nos mostraran el tráiler de una película dejándonos con ganas de más.

Entiende el *aloha*

Yo pensaba que *aloha* era solo un saludo. Una forma bonita de decir hola con flores en el pelo y sonrisas. Lo típico que aprendes antes de viajar para parecer un poco menos turista. Pero Hawái, que es muy suyo, se encargó de corregirme. *Aloha* no es una palabra. Es una manera de estar. De mirar. De pisar el suelo sin hacer ruido. De no llegar arrasando.

Aquí *aloha* es respeto. A la tierra que te sostiene, al mar que no te pertenece, a la persona que tienes delante, aunque solo vaya a cruzarse contigo un segundo. Es paciencia sin prisa. Es saber esperar. Es dar sin contar. Lo notamos en los puestos de fruta donde nadie vigila. En la forma en que te dan las gracias mirándote a los ojos. En cómo te explican las cosas despacio, sin esa ansiedad tan nuestra por llegar a ningún sitio. *Aloha* es no empujar. Es hacer sitio.

Aloha no es vivir feliz todo el tiempo. Es vivir con cuidado. Con presencia. Con gratitud. Incluso cuando duele. Incluso cuando no entiendes. Y cuando vuelves a casa, ese espíritu se queda contigo. No en la maleta, sino en la forma en que empiezas a hacer las cosas: hablando más bajo, escuchando un poco más; soltando, en definitiva, lo que pesa.

Cuando volvimos, todo el mundo me encontró distinta. Alabaron mi piel bronceada, mi pelo alborotado y mis ojos brillantes. Les sorprendió la calma de mi voz y la calidez de mis abrazos y mi sonrisa, como si llevara dentro un pedazo de volcán. No sé si la diosa Pele tuvo algo que ver, pero yo misma noté una energía nueva. Nunca supe si fue el destino o la compañía, pero sentí que como siempre que viajaba, llegaba resituada. Y aunque entre nosotros meses después todo acabó con cariño, sé que ese viaje, y sus vivencias, siempre serán algo muy bonito de recordar para los dos.

Hawái, que no me prometía nada, pero me lo dio todo. Volví con sal en la piel, el corazón rebosante y la sensación clara de haber estado muy cerca de algo grande y dormido desde siempre.

*Yo, que no soy una nadadora olímpica,
sino más bien normalita, tuve la sensación de haber cruzado
un océano. Y eso, aunque no sea a nado,
te cambia para siempre.*

Cuando las islas hablaban

En Hawái cuesta saber dónde termina la historia y empieza el mito. O quizá no haga falta distinguirlo, porque aquí ambas cosas caminan juntas, descalzas, sin explicaciones.

Dicen que las islas nacieron del fuego de Pele, la diosa del volcán. Que cada erupción no fue destrucción, sino creación. Tierra nueva empujándose hacia el cielo. Y quizá por eso, cuando caminas sobre lava solidificada, no sientes miedo..., sino respeto. Como si el suelo todavía recordara de dónde viene.

Mucho antes de que llegaran los mapas y las banderas, Hawái ya tenía memoria. Los polinesios vinieron guiados por las estrellas, leyendo el océano como quien lee un mapa: con atención, con fe, con intuición. Trajeron semillas, canciones, dioses y una forma de vivir en equilibrio con lo que les rodeaba. La tierra no se poseía, se cuidaba. Y el poder no se imponía, se compartía.

Luego llegaron los reyes. Y las reinas. Hawái fue un reino de verdad, con leyes, alianzas y dignidad. Kamehameha unificó las islas. Lili'uokalani, la última reina, intentó protegerlas cuando el mundo empezó a mirarlas como negocio. Pero, por desgracia, no lo consiguió.

Después llegaron los barcos extranjeros, las misiones, el comercio, la palabra «progreso» dicha con prisa. Y poco a poco, sin hacer demasiado ruido, Hawái dejó de ser suyo. Cambió de manos, de idioma, de rumbo. Pero no de alma. Porque aquí la historia no está en los libros. Está en la danza *hula* que cuenta batallas sin levantar la voz. En los nombres que no se traducen. En el respeto al volcán. En las flores que no se arrancan. En el *aloha* que no es saludo, sino promesa.

Caminar por Hawái es pisar capas de tiempo. Mito sobre mito. Historia, heridas, belleza, resistencia... Y quizá por eso sea difícil de explicar. Porque hay que venir hasta aquí y pararse a escucharlo.

La flor que no se arranca

En Hawái aprendí muchas cosas. Algunas las esperaba. Otras no. Pero hay una que se me quedó pegada al corazón como la sal en la piel. Una leyenda. La de Lehua.

Dicen que Lehua era una muchacha hermosísima, y su enamorado, ʻŌhiʻa, un joven tan fuerte y valiente que incluso la diosa Pele se fijó en él. Cuando ʻŌhiʻa rechazó a la diosa —porque el amor, cuando es de verdad, no entiende de tentaciones—, Pele, furiosa, lo convirtió en árbol. Lehua lloró tanto que los dioses se apiadaron de ella y la transformaron en una flor para que pudiera vivir siempre junto a su amado. Desde entonces, el árbol de ʻŌhiʻa y la flor de Lehua crecen unidos. Y por eso, dicen, nunca debes arrancar una flor de Lehua, porque cuando lo haces... llueve. Y son las lágrimas de los amantes, separados otra vez.

Me la contó el churri casi en susurros, como se cuentan las cosas importantes. Me ganó la ternura que había en su gesto, el hecho de haberse molestado en aprender esa historia para mí. Y mientras miraba uno de esos árboles en silencio, para que no viera la emoción en mis ojos, entendí que en Hawái las leyendas no son cuentos de ancianos: son advertencias suaves. Recordatorios. Aquí nada se toma sin permiso, me dijo. Ni la tierra, ni el mar, ni el amor. Quizá por eso este lugar te cambia sin hacer ruido. Porque te enseña que no todo lo bello está hecho para poseerse, que querer es una decisión consciente en cada momento. Y que amar es cuidar. Siempre.

Y AHORA... TE TOCA A TI

HE DISFRUTADO mucho haciendo este libro. ¿Y sabes por qué? Porque desde el primer momento en que supe que estabais al otro lado y empecé a interactuar con vosotros, mis guerreras y guerreros, me sentí tan agradecida por vuestra entrega que lo que me pedía el alma era proponeros una quedada en algún lugar disparatado para conocernos y reírnos todos juntos.

En estas páginas siento que casi casi lo hemos hecho y, la verdad, lo he disfrutado mucho. Por lo tanto, si has llegado hasta aquí, déjame decirte algo antes de que cierres el libro del todo: gracias por venirte conmigo.

Gracias por acompañarme en aviones interminables, en plazas ruidosas, en terrazas con vistas, en callejuelas donde me perdí y en silencios que apagaron esas voces que todos oímos de vez en cuando, invalidándonos. Gracias por caminar a mi lado cuando me reí, cuando me equivoqué, cuando improvisé y cuando confirmé —una vez más— que viajar es una de las formas más bonitas de cuidarse.

Ojalá este libro no te haya dado solo ideas de destinos, sino **ganas**. Ganas de moverte, de cambiar de escenario, de mirarte desde otro lugar. Ganas de probar algo nuevo, aunque no sepas muy bien por dónde empezar. Ganas de decirte que sí a ti mismo un poco más a menudo.

Porque viajar, como vivir, es improvisar. Es que no te importe equivocarte porque hay muchas maneras de llegar a un destino. Es incluso admitir que a veces hay que cambiar de destino. Es permitirte el lujo de llegar cansado y feliz. Descubrir que no pasa nada por perderse, por olvidarse de algo, por no entenderlo todo o por reírte de ti mismo en mitad del camino. Va de darte cuenta de que el mundo es grande..., pero tú lo eres más.

Yo he aprendido viajando que no hace falta ir muy lejos para volver distinta. Que a veces basta con cambiar el paisaje para que las ideas se posen solas, como se decanta el vino. Que hay lugares que te abrazan, otros que te sacuden y algunos que se quedan contigo para siempre, aunque no vuelvas a ellos nunca.

Y también he aprendido que no hay una única forma de viajar. La buena es la tuya. La que se adapta a tu momento, a tus ganas, a tus miedos y a tus sueños. A la gente que va contigo o a la soledad, sea o no deseada, porque con todo eso tenemos que lidiar a veces. La única forma válida de tu increíble viaje es la que te hace sentir viva, vivo y, sobre todo, feliz. Muy feliz.

Si este libro consigue que te plantees un viaje, aunque solo sea en tu cabeza..., ya habrá cumplido su misión. Y si además te anima a atreverte, a probar, a salir de tu zona cómoda y a comerte el mundo a tu ritmo, entonces me doy por más que satisfecha.

Ahora cierra el libro (espero que con una sonrisa). Mira el calendario. Pero míralo de verdad. Y pregúntate: ¿y si el próximo viaje empieza antes de lo que crees?

Con amor... Megan

TU CUADERNO DE VIAJES

Dibuja o pega un recuerdo